KB071896

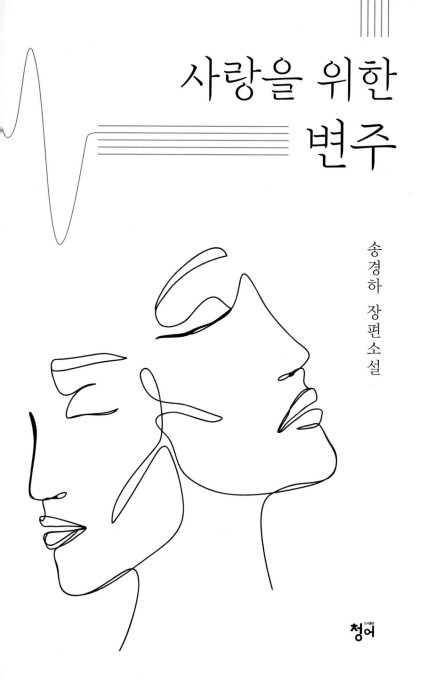

사랑을 위한 변주

송경하 장편소설

청어

사랑을 위한 변주

송경하 장편소설

'찌륵, 찌륵, 찌륵'

아, 매미 소리다. 소리는 그리 멀지 않은 곳에서 들리는 것 같다. 간판들이 뿜어내는 인공불빛과 자동차의 질주 소리가 새벽까지 그대로 이어지는 역세권 아파트에서 듣는 매미 소리는 차라리 처연하다.

그것은 끈질기게 움켜쥐고 버티는 생명의 경이, 짧은 생의 시간을 알기라도 하는 걸까, 소리는 도시의 소음에 묻혔다 다시 들렸다 반복하면서 더운 여름밤을 유희한다.

매미는 이 한 철의 존재를 위해 낮고 어둡고 습한 땅속에서 그 미망을 견디며 7년을 기다린다지.

눈을 뜨면 범람하는 폭염 그리고 밤에도 빠져나가지 못하고 마천루처럼 곧게 솟은 콘크리트 건물 속에 갇힌 열기가 만들어내는 열섬현상, 그 속에서 들려오는 생명의 소리, 고향의 소리는 낯선 듯, 부조화인 듯, …잠들지 못하는 하얀 여름밤을 잠식하면서 상념 속으로 안내한다.

글을 쓴다는 것, 때로는 치유이고, 때로는 현실과 초월의 간극에서 자아를 잃어버리고 방황하기도 하면서 여기까지 왔다.

내 관념을 뒤져 새로운 세계를 현상하고 시간 속으로 사라져 버린 마을을 되살려내기도 하고, 땅 밑으로 사라진 고대도시를 재건하기도 하면서, 그런가 하면 현존하는 마을을 더 아름답게 더 쓸모 있게 리모델링하기도 한다.

작가는 무엇이든 글로써 되살려내야 한다. 마을을, 도시를, 그 속에서 숨 쉬고 피어나는 사랑을, 사라진 꿈도 불씨처럼 되살려내고 싶었다.

사람들은 누구나 아련한 기억 속에 존재하는 공간을 가지고 있다. 그곳에는 어린 시절의 그림이 있고, 영혼을 살찌워 주는 서사가 깃들여 있다.

이 작품 속에서 그려낸 관악동, 도림동, 철쭉꽃을 월계관처럼 머리에 두른 관악산과 흰 아카시아가 그 진한

향내를 대기 속으로 휘발하는 청룡산이 다정하고, 그 사이를 관악산 골짜기에서 시작된 물줄기가 유려하게 흐르며 갖가지 수생식물들을 키워내는 곳,

도림천 들머리를 나는 사랑한다. 작열하는 과부하 같은 햇빛이 아닌 초록의 숲에서 숨어 우는 매미 소리는 위태롭지도, 처연하지도 않을 테니까, 그리고 봄, 여름, 가을, 겨울이 선명하게 펼쳐지는 그곳, 도림천 들머리.

관악산 들머리에서
송경하

사랑을 위한 변주

　사회적으로 혼돈한 1987년을 시대적 배경으로, 주인
공 오혜란과 박진우 그리고 또 다른 커플 성건과 양화영
등을 통해 그 시대의 치열한 민주화 운동과 사법고시 준
비생들의 사랑과 꿈, 열정과 냉정, 우정과 경쟁, 성공과
좌절 그리고 민주화에 대한 열망은 결코 외면할 수 없는
시대적 고뇌였고 젊은 날의 표상이었다.

　그들은 모두 서울대 법대 출신들이고 시대의 저항과는
무관할 것 같아 보였지만, 시대는 그들을 시위의 현장으
로 불러냈고 그들 또한 시대의 부름을 외면하지 못한다.

　시위대건 진압경찰이건 그들은 하나 같이 이 땅의 젊
은이들이었다. 누가 그들을 창과 방패로 나뉘어 무의미
한 병정놀이를 하게 하였는가. 누가, 이 땅에 피어나야
할 민주화의 꽃을 짓밟았는가. 남영동 대공 분실 509호
에서는 과연 무슨 일이 일어나고 있었는가. 왜 이유도 없

이 무고한 젊은이들을 검은 안대를 씌워 나선형 철제계단을 통해 고문실로 데려갔는가. 청춘들의 함성에 그들의 울부짖음에 권력을 찬탈한 자는 응답하라.

자고새면 일어나는 시위에 그들은 지쳐갔지만 국민이 선택하는 민주 정부가 들어서기까지는 그들의 함성은 이어질 것이다.

관악산 능선을 따라 만발한 철쭉들, 청룡산 절개지에 하얗게 피어 뿜어내는 그 짙은 아카시아 향기는 최루가스에 잠식되고, 만남의 광장 하얀 비둘기는, 매연에 찌들어 잿빛을 띠어갔지만 시위는 쉬이 끝날 것 같지 않았다. 관악산과 서울대 캠퍼스, 신림동 고시촌과 녹두거리의 맥줏집을 무대로 이야기가 펼쳐진다.

그들은 빛나는 청춘의 시기를 혼돈한 시대와 맞닥뜨려야 하는 불운한 세대라고 스스로 자조하면서도 시대의 소명에 부응한다. 사랑하고, 투쟁하고 민주주의의 꽃을 피워내려 젊음의 피를 흘린다.

밤이면 신림동 녹두거리에 우후죽순처럼 생겨난 술집들, 파리의 뒷골목 살롱가를 연상하게 하는 '앙가쥬망' '보헤미안' 디오니소스 같은 맥줏집을 휴식의 아지트로 삼아 청춘들은 모여들고 시대의 울분을 토론하기도 하면서 혼돈한 시대를 관통한다.

유복한 가정을 가졌거나 그렇지 못하거나 그들의 지향점은 고시 합격과 이 땅에 민주주의 직선제 대통령 선거였다. 누군가는 꿈을 이루고 누군가는 좌절하면서 각자 흩어지지만 기억마저 사라진 건 아니었다. 진우와 헤어져 고향으로 내려간 혜란은 이복오빠의 주선으로 오빠의 고교후배였던 강성탁과 속성 결혼에 이른다. 하지만 첫사랑 진우를 잊지 못한다. 서울에 남겨진 박진우는 성건의 애인이었던 양화영과 맺어지지만 그들의 결혼생활 역시 순탄하지 못하다.

늘 삐그덕거리던 혜란의 결혼 생활, 급기야 혜란과 성탁의 부부싸움에서 성탁이 죽게 되고, 혜란은 살인 피의자로 현장에서 체포되어 구치소에 갇힌다.

이 사건은 지방신문에 대서특필되고 함께 고시 공부했던 친구들이 혜란을 구명하기 위해 모여들고, 그중에서 연인 관계였던 박진우의 활약은 가히 자기 헌신적이다. 이때 접견실로 찾아온 장진영, 박진우의 배려나 호의를 거절하지 말라고, 양화영에게 빼앗긴 사랑을 되찾을 기회라며 다그친다. 이를 지켜보다 박진우의 아내 양화영은 진우가 혜란을 잊지 못하고 있었다는 것을 알게 되고, 자신의 사랑이 상호적이지 않았다며, 사랑은 쟁취하는 것이 아니라 자신도 모르는 사이에 찾아와 마음에 둥지를 튼다는 사실을 깨닫고 진우 곁에는 자신이 머물 자리가 없다며 미국으로 떠나겠다고 선언한다.

한편 화영에게 안착하지 못하고 떠돌던, 진우의 사랑의 에너지는 구치소의 혜란에게로 향하고 혜란과의 새로운 사랑의 싹을 틔우려 한다.

목차

사랑을 위한
변주

별이 지던 밤

늦가을 찬비가 '후드득' 떨어진다. 마른 옥수수 잎을 스치는 빗방울 소리가 괴기스럽다. 촘촘히 박힌 별들이 명멸하면서 감은 망막 위를 스쳐 간다. 혼몽한 의식 속에서 아이의 소스라치는 듯한, 울음소리가 들린다. 아이는 경기를 일으킬 듯 마른 기침을 해댄다. 소리는 익숙한 듯, 낯선 듯, 혜란의 귀속을 긁는다. 그 뒤로 특용작물 원예 지도사 로고가 선명하게 새겨진 녹색 모자를 삐뚜름하게 덮어쓰고 농익은 토마토같이 고르게 벌건 성탁의 얼굴이 갖은 폭언과 함께 의식으로 밀려든다.

혜란은 퍼뜩 눈을 떴다. 차가운 금속성의 창살이 먼저 눈에 들어온다. 혜란은 이해할 수 없는 낯선 환경에 들어와 있다는 것을 어렴풋이 알아차렸다. 산란하는 의식을 모아 주위를 살폈다. 자신을 싸고 있는 직육면체의 공간은 온통 어둠이 채우고 실낱같은 전등 빛줄기 하나가 유령의 안광처럼 새어들고 있었다. 차갑게 얼어붙은 손에는 "피, 피! 핏자국 아악!" 공포에 질린 비명이 터져 나왔다. 무겁게 가라앉은 어둔 실내가 흔들렸다.

저쪽에서 게슴츠레하게 눈을 뜨고 남자가 잽싸게 달려왔다. 남자는 감청색 교도관 정복 차림이었고, 허리춤에는 검은 권총이 매달려 있었다. "오혜란 씨, 왜, 그러세요." 남자는 대뜸 "오혜란 씨" 하고 이름을 불렀다. 그리고는 남자가 스위치를 켰는지 실내가 환하게 밝아졌다. 밝음 속에 드러난 공간은 온통 잿빛 콘크리트 벽이었다. "여기가 어디지요?" 혜란은 자신이 왜 이곳에 와 있는지 어렴풋이 짐작되긴 했지만 겁이 났다.

남자는 의혹을 가득 담은 눈빛으로 혜란을 째려보았다.

그러다가 "여기는 구치소고요. 어젯밤에 무슨 일이 있었는지 기억나시오."

남자는 말하고 싶지 않은데, 마지못해 하는 것처럼 과장되게 목에 힘을 주었다.

"어젯밤에 무슨 일… 무슨 일이 있었나요?" 혜란이 되물었다. "예, 일단 지금이 새벽 세 시 조금 넘었으니까, 조금 있다 수사 형사가 출근하면 조사가 있을 거요, 잠을 더 자던가, 잠이 안 오면 그냥 잠자코 있던가, 남편을 죽인 여자가 모른 척 딴청이야.”

교도관은 경멸의 눈빛으로 혜란을 한참 쏘아보면서, 퉁명스럽게 말을 내뱉고는 돌아서 저벅저벅 음습한 실내에 발소리를 남기며 걸어갔다.

“남편을 죽인 여자…” 교도관의 중얼거림이 혜란의 의식을 휘젓는다. 정지된 기억을 깨우려 머리를 흔들었다. 아직 기억으로 착종되지 못하고 의식 속을 맴돌고 있는 장면들이 모여든다.

성탁의 술에 취해 이성을 잃고 말갛기만 한 눈빛이 떠오른다. 그것은 혜란에게 끔찍한 공포였다. 대항할 수 없기에 피하기만 했던 모습이다. 성탁의 손에는 분명 칼이 들려 있었다. 튼실하게 자란 배추 뿌리를 잘라내는 칼은 그 용도를 벗어나면 바로 흉기가 되는 도구였다.

성탁이 칼을 들고 설쳐 대는 것까지 떠오른다.

기억을 더듬어 보려하면 할수록 성탁의 부릅뜬 눈이 달려들어 기억을 방해한다. 입에는 흰 버캐를 물었고, 심하게 일그러뜨린 얼굴은 분을 못 이겨 창백하다 못해 푸르렀다. 저토록 과격하고 억제되지 못한 폭력성은 어디에서 기인된 것일까. 그에게서 그 어떤 이성의 힘 같은 것은 눈곱만큼도 남아있지 않아 보였다. 산화되지 못한 열패감만 나날이 그 몸피를 키워가더니 급기야 흉기까지, 혜란은 눈 앞에서 흉기가 어른거리는 순간, 퇴로가 없는 벼랑 끝에 몰려 있다는 것을 직감했다. 이대로 죽을 수도 있겠구나, 이 사지 같은 상황에서 벗어나야 한다는 생에의 애착이 전광석화처럼 일었다. 그때, 승준이 깨어나 '앙, 앙, 콜록 콜록…' 자지러질 듯, 울면서 마루로 걸어 나오고 있는 것이 흐려진 시야로 보였다.

혜란이 승준에게로 다가가기 위해 앞에서 이성을 잃고 날뛰는 성탁을 가볍게 밀쳐냈다. 성탁이 힘없이 중심을 잃고 비틀거리더니. 철퍼덕 모로 넘어지면서 단말마 같은 외마디 비명을 질렀고, 성탁의 몸 어딘가에서 피가 콸콸 쏟아져 방바닥을 흥건히 적셨다.

"거기 누구 없어요!"

겁에 질려 목청껏 소리를 질렀지만 달려올 사람이 있을 리 만무했다. 승준에게 그 장면을 보일 수 없다는 모성 본능이 승준을 들쳐 업고 밖으로 뛰쳐나가 112로 전화를 걸었던 것까지 기억을 해냈다.

성탁은 왜 그렇게 힘없이 넘어졌을까, 가볍게 스친 것 같은데…. 술이 곤드레만드레 취해있어서일까. 평소 성탁은 혜란의 밀침으로 넘어질 만큼 허약하지 않았다. 뒤이어 구급차 소리, 승준의 울음소리가 따라온다. 승준의 모습이 어른거린다. 생에의 애착이 불같이 솟구친다. 성탁은 지금 어디 있을까. 구급차가 와서 싣고 갔는데 어떻게 되었을까.

모든 것이 무서워졌고 지난 시간들이 영화 속의 슬로우 장면처럼 현재를 멈춰 세우고 지나간다. 예민해진 감각이 극에 달했을 때, 의식은 무의식으로 그 너머의 분열로 그리고 사고는 불능상태에 이른다.

성탁은 낮부터 술에 취해있었다. 작업 인부들과 헤롱거리면서 권커니 잣거니 막걸리 사발을 돌렸다. 성탁은 술에 취하면 말이 많아지고 입심이 세져서 말할 기회를 혼자서 독차지했다. 그런 성향을 잘 아는 마을 사람들은 누구도 그의 말을 자르지 못하고 듣기만 했다. 두뇌 회전이 빠르고 이상과 현실 사이의 간극이 큰 사람에게서 흔히 나타나는 특징쯤으로 여기는 것 같았다.

혜란은 그런 성탁을 지켜보다 서둘러 배추밭을 나왔

다. 어린이집에서 기다리고 있을 승준을 데리러 가야 했다. 혜란은 빠른 걸음으로 밭두렁을 걸어온다. 성탁의 주취에 절어 멀건 눈빛이 따라온다. 알 수 없는 불안감도 함께 일어난다.

늦가을 하루해는 유난히 짧았다. 어린이집에서 승준을 데리고 온 혜란은 곧바로 주방으로 들어가 저녁식사 준비를 한다. 승준은 거실에서 '뽀로로 동물원' 프로에 빠져있다. 주방에서 바라보는 승준의 뒤통수가 잘 다듬어진 양파처럼 매끄럽게 귀엽다. "승준아, 뭐해?" 혜란은 승준이 너무 귀여워서 괜한 말을 붙여본다. "나 지금 뽀로로 동물원 보고 있어. 근데 엄마, 동물원에 사는 아기 사슴의 아빠는 어디 있어? 왜 동물들은 엄마하고만 놀아?" 승준의 목소리가 맑고 천진하다. "으~응, 아빠 사슴은 먹이를 구하러 갔나 봐." 혜란이 짜낸 궁한 대답이다.

승준은 올해 네 살이다. 두 돌이 지날 때까지 말을 잘하지 못해 혜란은 퍽 걱정을 했다. 소아심리과에 가서 상담도 받아보았다. 아이들은 가장 평화로운 환경에서 두뇌 발육이 정상적으로 이루어지는데 혹시라도 아이에게 불안감을 주는 부모의 행동은 없었는지 생각해보라고 했다. 아이들이 가장 불안을 느낄 때는 엄마 아빠가 큰소리 지르고 다툴 때 아이의 뇌가 쪼그라들고 긴장감이 최대치에 이른다고 했다. 혜란은 성탁을 떠올리며 움찔했다. 그는 장소와 때를 가리지 않고 트집을 잡아 혜란을 괴롭혀 왔다.

성탁이 집에 도착한 건 늦은 저녁이었다. 성탁은 아까보다 더 취해 있었다.

"성탁 씨, 저녁은 먹었어?"

"안 먹었으면!"

눈을 홉뜨고 혜란을 쏘아본다. 성탁의 태도는 늘 그랬다. 혜란이 말을 걸면 돌아오는 대답은 압제적이거나 시비조였다. 혜란은 그 한마디에도 기가 질리고 말문이 막혀 더 이상 말을 하지 못했다. 어떠한 포용이나 친절도 성탁에게 먹혀들지 않았다.

우리가 결혼한 부부가 맞을까, 우린 정말 서로 사랑했을까, 성탁의 끈질긴 구애는 무엇이었을까, 짙은 회의감이 먹구름처럼 덮쳐온다.

"쓰레기 같은 년! 가증스럽기는…"

고장 난 오디오처럼 반복되는 주절거림과 혜란을 쏘아 보는 성탁의 동공은 벌써 술기운에 잠식되어 촉을 잃고 멀겋다.

승준이 칭얼대기 시작한다. 승준은 성탁의 큰소리에 겁이 나는 것 같다. 혜란은 칭얼대는 승준을 등에 업고 집을 나섰다. 한 발짝 한 발짝 걷는 게 마을 어귀까지 와 있었다. 혜란은 칭얼거리는 승준에게 흥얼흥얼 콧소리로 자장가를 불러주었다. 혜란이 어린 시절 엄마에게서 들었던. 라이컬즈 아일랜드 자장가였다. 윗집 아랫집 모두 불을 밝히고 식구들끼리 모여서 휴식 같은 시간 속에 잠겨 있을 시각이다.

대관령 분지 아래 자리 잡은 마을의 밤 풍경이 평화롭게 눈앞에 펼쳐져 보인다. 추수가 끝난 들판에서 불어오는 허허로운 바람이 스칠 때마다 마른 옥수수 단에서 바스락바스락 마른 잎 스치는 소리가 난다.

검은 하늘에 보석처럼 촘촘히 박힌 별들이 내쏘는 빛은 시리도록 파랬다. 승준은 어느새 칭얼거림을 멈추고 혜란의 등에 얼굴을 박고 잠이 들었다.

낙엽이 떨어져버린 성글어진 숲에서 불어오는 바람

이 쌀쌀했다. 혜란은 집을 향해 걸었다. 하늘에는 형형
색색의 별들이 아득히 흘러간다. 저 별들이 가는 곳은 어
디일까. 엄마가 가 있는 별은 어느 별일까. 혜란은 이럴
때, 일찍 가버린 엄마가 유난히 그립다. 엄마가 있었더라
면… 자신의 불행은 엄마의 부재에서 기인되었을 거라고
막연히 생각되었다.

혜란의 발자국소리에 마을 여기저기서 개 짖는 소리가
요란하다. 앞집 누렁이, 옆집 삽사리 저 멀리 마을 뒤,
외딴집 불도그까지, 마을에서 멀리 떨어진 외딴집에서는
사나운 맹견을 길렀다.

늦가을 밤의 대기는 사뭇 경쾌한 듯했으나 어떤 불안
을 배태한 듯 검은 벨벳 같은 어둠이 장막처럼 드리워
져있다. 대기 중에 떠 있는 밤이슬에 옷이 눅눅히 젖어
갔다.

혜란이 집에 돌아왔을 때, 성탁은 마루에 고꾸라진 채
잠이 들어있었다. 어깻죽지에 고개를 박고 코 고는 소리
가 대문 앞까지 들렸다. 술이 깨면 추울 텐데, 혜란은 성
탁의 그런 모습을 보자 자신이 돌보아주지 않으면 안 될
사람처럼 측은했다. 혜란은 등에서 곤히 잠들어 있는 승

준을 장난감이 어지럽게 널려 있는 건넌방에 눕혔다. 승
준은 깰 것 같이 잠시 얼굴을 찡그리다 곧 편안히 다시
잠 속으로 들어갔다.

혜란은 안방으로 들어가 옷장에서 담요를 꺼내 마루로
나와 성탁의 어깨를 덮어 주려했다. 성탁이 인기척을 느
꼈는지 아니면 눈만 감고 자는 척했었는지, 성탁은 가끔
그렇게 술책을 부리면서 혜란의 동태를 살피기도 했다.
성탁이 눈을 치뜬다.

"나에게 무슨 짓을 하려는 거야!" 성탁이 소리를 버럭
지르며 몸을 일으킨다. 또 트집이다. 애정이 없는 부부
에게는 호의도 악의로 인식되는 것 같다. 혜란은 오싹 긴
장감이 온몸을 덮친다. "추울까 봐 덮어주려고…" 혜란이
멈추어 서면서 동작이 굳는다. "흥, 거짓말하려면 입에
침이나 바르고 해! 그따위 위선적인 말로 지금까지 넌 나
를 속여 왔잖아, 이 더러운 년, 재수 없는 년!"

성탁은 의심과 증오심으로 눈을 번득거리며 막말을 내
뱉었다. 성탁의 망상은 꽤 지능적이었고 치밀했다. 더구
나 아내를 의심하는 의처증은 나름의 어떤 논리를 갖추고
있기 때문에 쉽게 치료되는 게 아니라고 정신과 의사는
다소 절망적인 소견을 내놓았다. 더 악화되기 전 치료를

받으면 그나마 진행을 더디게 할 수는 있을 텐데, 알코
올 중독에서 오는 약리작용에다, 사물변별능력상실, 심
신미약상태가 지속되어지고 있는 것 같다. 더 정확한 진
단은 본인을 직접 상담해 보아야 알겠지만, 일단 상담자
의 설명대로라면… 지난번 상담을 했던 의사의 소견이었
다. 정돈되지 못한 생각들이 억제되지 못한 폭력성까지
동반하고 있으니, 시한폭탄처럼 혜란은 늘 조마조마했었
는데…

　　날이 밝으면 기자들이 몰려들 것이다. 춘천일보 사회
부 기자 중 성탁의 대학 후배 고민욱 기자가 생각난다.
그는 성탁과 매우 절친한 사이다. 성탁이 군청 산림계에
근무할 때도 업무가 얽혀있어, 산림 벌목권 남용이나 훼
손범을 적발하면, 서로 기사 거리를 제공해 주었고, 성탁
이 특용작물과 배추 농사에 뛰어든 후로도 성공한 영농인
으로 신문에 자주 게재해주었다. 사람 좋아하고 술 좋아
하는 성향이나 언변이 좋은 것도 서로를 당겼다.

　　혜란은 불안 속에서 설핏 꿈인 듯, 생시인 듯, 사로잠
이 들었었으나, 아버지의 비탄에 잠긴 음성, 영란 언니의
힐란, 영석 오빠의 함몰된 왼쪽 뺨, 올케언니의 두서없는

악다구니, 자신으로 인해 일어난 불운한 일들, 자학적 체념이 가슴으로 고여 든다. 헤어나기 어려운 암벽 같은 절망 앞에서 내재해온 불안과 두려움이 차라리 체념으로 환치되고 새로운 싹을 틔운다. 낯선 두려움과 공포 속에서 알 수 없는 마음의 평화가 찾아온다. 끝을 알 수 없이 불안했던 활화산 같은 공포가 그 실체를 드러내고 현실로 마주한 지금이 차라리 편안했다.

탈피하지 않으면 죽음을 맞는 뱀처럼 새로움은 늘 고통스럽게 다가오는가, 미실현 상태의 예견된 불행보다 눈앞에 확연히 드러난 불행은 체념 상태가 되어 차라리 편안했다.

자연의 질서 속에서 평화롭기만 했던 강원도의 분지마을에 칠흑 같은 어둠을 찢는 경찰차의 사이렌 소리와 경광등의 광적인 번득거림이 나타나자 마을 사람들은 공포에 떨며 뜬눈으로 밤을 보내고 아침이 되었지만, 하나같이 일이 손에 잡히지 않는다며 마을 아낙들은 골목에 나와 삼삼오오 모여 고개를 주억거리며 간밤에 일어난 끔찍한 사건에 대해 수군거리고 있었다.

"어젯밤 도대체 무슨 일이 있었던 거야?" "혜란이 남편을 죽였대." "아이쿠, 왜 그랬을까." "글쎄 무슨 말 못 할 사정이 있었겠지." "성탁이 언제부턴가 정상궤도를 벗어나 이상 증상을 보인다더니 의처증이래던가." "남자가 괜히 여자를 의심하고 괴롭히겠어, 무슨 꼬투리가 있었겠지, 쯧쯧." "혜란이 서울 신림동에서 고시 공부할 때 좋아했던 남자가 있었대. 그걸 알고 성탁이 다른 남자를 마음에 품고 자기를 속였다고 앙심을 갖고 소개시켜 준 혜란 오빠를 폭행해 전치 6주인가 하는 중상해를 입혔잖아." "얼마나 심하게 팼으면 턱이 저렇게 함몰되어 장애자가 되었겠어. 그때도 마을이 발칵 뒤집혔어. 그 후로 올케가 혜란만 보면 천적처럼 잡아먹을 듯 입에 거품을 물고 덤비고." "아이쿠, 무서워라."

여자들은 저마다 다양한 생각들로 간밤에 일어난 사건에 대해 말에 말을 보태면서 숙덕거림은 꼬리를 물고 이어지고 있었다.

마을 사람들의 추측과 탄식이 난무하고, 추수가 끝난 빈 들판에 내려앉은 무서리가 하얗다. 잎이 저버린 성글어진 나목들 사이에서 불어오는 이른 아침 댓바람이 쌀쌀했다. 부지런한 참새 무리는 황량한 벌판을 누비며 째, 째, 목가적 풍경을 만들어낸다.

날이 밝기 전, 아버지와 영란 언니가 구치소로 찾아왔다. 아버지는 뜬눈으로 밤을 새우고 눈시울이 발갛게 짓물러져서 왔다. "혜란이 네가 진짜 그 짓을 핸겨?" 아버지는 확인부터 하려는 듯 얼굴을 가까이 디밀고 물었다. 목소리는 갈라져 나왔다. 그리고 답을 기다리는 듯 눈을 바짝 뜨고 혜란을 바라보다 핏자국이 말라붙어 있는 손을 보고는 아연실색 간밤에 마을을 휩쓸었던 사변 같은 난리와 마을 사람들의 숙덕거림이 사실이구나 싶은지 얼굴이 노랗게 질렸다.

　아버지는 더 늙어 보였다. 성글어진 정수리는 자외선에 그을린 속살이 붉은 황토색을 띠어 보였다. 아버지의 메마른 얼굴에 고여 있는 근심이 혜란을 더 아프게 했다. 혜란으로 하여금 꿈을 내려놓게 하고 현실 속으로 끌어내린 얼굴이었다. 천식까지 앓고 있는 아버지는 쿨럭 쿨럭 자지러질 듯 기침을 해댔다. 아버지가 그토록 보고 싶어 했던 법조인 딸, 똑똑한 딸에 대한 기대가 넘치도록 높았던 아버지, 실망만 안겨 주었는데, 아버지는 흐르는 눈물을 거친 손 등으로 훔쳐냈다. 영란 언니는 으스스 몸을 떨며 옷깃을 세운다. 아버지의 재혼으로 태어난 혜란은 어릴 적부터 총명했고, 간호사인 어머니의 성품을 그대로 닮아서인지 타인을 배려할 줄 아는 착한 소녀였다. 아버지는 그런 혜란을 몹시 자랑스러워했고, 고시 공부 뒷바라지하느라 얼마간의 농토를 팔아 치운 상태다.

지방신문 조간 사회면에 대문짝만한 제목을 달고 '가정불화로 부부싸움 끝에 아내가 남편 살해'라는 짤막했지만 강렬한 기사가 대서특필 됐다. 부부싸움이라는 보편적 동기에 비해 남편 살해라는 엄청난 결과는 많은 파장을 불러일으키기에 충분했다. 역시 고민욱 기자의 기사였다.

"고민욱 기자, 지금 추측기사 쓰고 있어, 이 여자가 오랫동안 남편의 병증 같은 의처증 때문에 괴롭힘을 당해왔다는 거 알아. 피해자였던 여자가 피의자로 의심되는 사건이긴 한데, 아예 범인으로 단정 짓기에는 너무 성급한 거 아니야?" 고민욱 기자 앞에 같은 사회부 팀원인 이민희 기자가 다가와 이 사건에서 핵심이 될 의처증을 단순 가정불화로 약화시켜 쓴 것도 문제고, 아내가 남편을 살해했다고 단정 짓는 기사는 분명 문제가 될 거라며 지적했다. "그래서 설령 의처증 있는 남편은 죽여도 된다는 거야?" 고민욱은 이민희를 향해 눈을 부릅뜨며 아내가 범인인 것은 의심의 여지가 없다는 듯, 과민 반응을 보인다.

"고 기자, 우린 사실과 정확도에 충실해야 하는 기자야. 더구나 지역사회에서 일어난 파장이 큰 핫, 핫 사건인 만큼 팩트에 신중하자는 거지." 이민희는 고민욱의 눈치를 살핀다. "이민희 씨! 오혜란이 신림동에서 오랜 기간 사법고시를 했다는 거 알고 있어?" 고민욱은 이미 냉정함을 잃고 흥분되어 있었다. "그게 왜? 이번 사건과 무슨 상관관계가 있다는 거야?" 이민희가 눈을 동그랗게 뜨며 묻는다. "모르면 잠자코 있어. 이 사건, 뜯어보면 꽤나 내막이 복잡하고 흥미로울 걸?" 고민욱은 이민희의 기사 가로채기에 말려들까 봐 거리두기를 하면서 원인 제공자가 오혜란이고 그로인해 의처증이 촉발되었다. 엄청난 폭발력을 지닌 정보를 알고 있다는 투로 이민희의 호기심을 유발할 만큼만 살짝살짝 말을 흩뜨린다.

기자들의 직업병인 독자의 호기심 자극하기가 여지없이 드러난다. "오혜란이 어렸을 적부터 품어왔던 고시에의 꿈을 이루지 못하고 낙향했지만…" 고민욱은 여전히 오혜란의 과거 행적에 대해 짙은 의혹을 버리지 못하고 있는 것처럼 보였다.

"기자가 아니라 무슨 탐정 같아. 남자들의 촉은 그런 방향으로 움직이는 거야, 이를테면 여자의 과거 행적 캐기 같은 거." 이민희는 이 사건을 편향된 시각으로 바라보는 고민욱을 힐난했다. 죽은 강성탁과 고 기자가 사적으로 얽혀있다는 것을 이민희도 알고 있었다.

"오혜란이 명문대 법학부 출신이니 사법고시를 준비했다면 그건 당연한 코스인데, 지난 과거 행적을 굳이 이 사건에 끌어들이는 저의가 뭐야, 다 잊어진 꿈이고, 지난 일일 텐데…" 이민희 기자는 확인되지 않은 자신만의 극히 주관적인 추측을 그만 멈추라고 다그친다. 고민욱은 자신이 알고 있는 강성탁과 혜란의 물과 기름처럼 섞이지 못했던 결혼생활을 의식에서 떨쳐버릴 수가 없지만, 이민희의 유도 질문에 말려들지 않으려는 듯, 말을 멈추고 입을 다물었다.

"그럼 고 기자는 지금 오혜란의 과거 행적 때문에 강성탁의 의처증이 유발됐고 그로 인해 오혜란이 강성탁에게 집중하지 못했고 결국 남편을 죽이기까지 했다. 말하자면 애정 없는 이중적인 결혼생활이었다. 그러니까 어쩌면 오래전부터 남편을 제거하려는 살해 의지를 가지고 있었을 것이다. 그 명석한 머리에서 나온 생각이라는 게… 고 기자! 지금 소설 쓰고 있어? 소설 말고 기사를 쓰라고 기사, 팩트 말이야!" 이번에는 이민희가 흥분하여 입에 침을 튀긴다.

고민욱은 이민희 기자의 격양되어진 힐난에 침묵으로 대응했다. 같은 사건을 놓고도 보는 관점에, 공정과 사적 감정에 따라 피해자와 가해자를 뒤바꿔 놓을 수 있는 게 언론의 힘이고, 자칫 자신들만의 도그마에 빠지면 애먼 사람도 만신창이로 만들어 버릴 수도 있는 게 언론이었다.

잠시 침묵에 빠져 있다가 먼저 입을 연 건 이민희 기자였다.

"고 기자, 우리는 기자야. 보도는 신속해야 하지만 전달하는 내용은 정확해야 돼. 또 원론적인 얘기 같지만, 추측이 난무하는 정보 세계에서 철저하게 팩트를 찾아 발로 뛰는 게 기자 정신이고 고수해야 할 원칙이라고, 고 기자는 지금 균형감을 완전히 잃고 죽은 강성탁의 변호인을 자처하고 있어. 사적 감정은 독약이라고. 그것은 피의자에게는 언론 폭력이 될 것이고, 사실 그런 균형감 잃은 기사는 써봤자 엠바고를 넘지 못할 걸." 이민희는 피의자로 몰려 있는 오혜란을 확실히 살해 의도를 가지고 있었다고 단정 짓는 고민욱이 위험한 듯, 역시 강도 높은 엠바고를 들고 나와 고민욱에게 상기시킨다.

기자에게 엠바고는 사형선고나 다름없다. 취재한 기사를 내보내지 못하고 사장시켜 버리는 언론의 초강수 규제이기 때문이다. 엠바고 규제까지 들고 나온 이민희의 충고는 고민욱에게 잠시 흔들렸던 사적 감정에서 벗어나 이성과 균형감을 되찾은 듯 보였다. 이민희는 잠잠해진 고민욱을 흘끔 쳐다보았다.

잠시 침묵을 지키고 있던 고민욱이 다시 입을 열었다.

"오혜란이 신림동에서 공부할 때 사귀던 남자가 있었는데, 그놈은 일찌감치 합격을 하고서도 연수원 입소까지 미루면서 혜란의 뒷바라지를 해준 얼간이 같은 녀석이래…"

특종을 터뜨릴 단서를 가지고 있는데 결코 포기할 수 없다는 듯, 말이 거칠고 자극적으로 나온다.

"자신의 불이익을 감수하면서까지 여자의 합격을 도왔지만, 여자는 번번이 낙방했고, 그래서 둘은 헤어졌지만 잠깐이었겠지, 사랑했던 여자를 말끔히 지워버렸을까, 여자도 마찬가지였을 거고, 미처 정리되지 못한 서로의 애정이 더 강렬하게 끌어당겼을 수도… 이 기자, 남녀관계에서 한번 싹터서 성장한 감정이라는 게… 그리 쉽게 정리되는 줄 알아!"

고민욱은 억울하게 죽은 자의 처지를 헤아려달라고 차분하게 이민희를 설득하고 싶은 것 같았다. 그간 오혜란과 애정 없이 살다간 강성탁에 대한 연민으로 눈가가 촉촉이 젖어 있었다.

"고 기자, 지금 연애소설 쓰는 거야? 완성하지 못해서 눈물이 나도록 슬픈 사랑 이야기, 그것도 아주 장편으로… 고 기자, 그렇게 상상력과 감성이 풍부 하신 줄 몰랐네. 기자 그만 두고 아예 소설가로 등단을 하시지, 그래서 그 옛 남자 때문에 강성탁과의 결혼생활이 순조롭지 못했다, 이거야?" 이민희는 고민욱을 정신 차리라며 차갑게 몰아붙인다.

"음, 그럴 개연성도 배제하기 어렵다는 거지. 흥미가 확 당기지 않아."

"흥미, 아니 끈적끈적한 치정 살인으로 몰고 가는 것 같아 기분이 눅눅해져.""기자는 사건 현장을 발로 뛰고

눈으로 보고 손으로 기사를 써야 돼. 앉아서 쓸데없이 감정샘 자극해서 애정소설 쓰는 게 아니라고. 고 기자가 그렇게 감상적인 줄 미처 몰랐네."

이민희는 선배의 억울한 죽음 때문에 우울해진 고민욱을 향해 연민을 거두라고 일부러 쌀쌀맞게 일갈한다.

그것은 재판에 영향을 줄 수 있는 다소 앞서가는 예단이기도 했고 피해자의 사생활을 무자비하게 여론에 노출시키는 '피의사실 공표' 기자가 자칫 빠지기 쉬운 함정이었다. "현장에 가서 사건 경위를 정확하게 취재한 후 파악해서 다시 기사를 송고해야 하지 않겠어." 이민희의 충고에 고민욱은 침묵으로 저항한다. 자신은 기자직을 걸고서라도 단 한 줄도 바꿀 생각이 없다는 강경함에 젖어 있었다.

끔찍하지만 그 내면을 들여다보면 호기심을 자극하기에 충분했다. 가정폭력의 피해자였던 여자가 가해자가 되고, 폭력을 행사해왔던 남편은 사망하는, 더구나 이 남편의 그동안의 폭언과 폭력 괴롭힘은 대부분 가정 내에서 이루어졌다는 점 때문에 증인이 없었다. 거기다 미묘한 심리가 얽혀있는 복합적인 사건이라는 게, 고 기자의 확고한 생각이었고, 고 기자가 작성한 기사는 단 한 줄도 수정되거나 편집되지 않고 그대로 보도가 되었다.

"고 기자, 대단해. 엠바고가 작동되지 않은 것 보면, 뛰어난 화술 때문인가. 법정에서 진위를 명명백백하게 가려낼 수 있을지, 어쨌거나 기자는 발로 뛰며 취재하는 게 임무야." 이민희는 오혜란을 만나러 구치소로 가고, 고민욱은 강성탁의 유족들을 취재하러 시체가 안치되어 있는 병원으로 향했다.

노란 잉어의 꿈

혜란은 어쩌면 생의 끝자락 같은 막다른 길에 앉아서 지나간 시간들이 한 편의 드라마처럼 펼쳐진다.

치열한 경쟁을 뚫고, 어릴 적부터 꿈꿔왔던 서울대학교에 입학하던 날. 웅비하듯 솟아있는 관악산 봉우리에서부터 노란 산수유가 수줍게 피어나는 정문 앞까지 야트막하게 기울기를 이루면서 건물들이 들어서 있었다. 그 모습은 퍽 웅장해 보이면서도 엄숙했다. 아버지는 골 깊은 주름에 검버섯이 흩뿌려진 얼굴, 대관령 분지마을에서 밭뙈기 평수와는 상관없이 홀아비 티가 역력했다. 검정색 낡은 모직 점퍼 주머니에 양손을 찔러 넣고, 혜란의 동선 따라 움직여주었다. 그 모습은 주변 다른 부모와 확연히 구분되게 초라했다. 아버지도 그런 어색함을 느꼈는지 혜란의 눈치를 살폈다.

아버지의 그런 모습에서 지금은 떠나고 기억 속에만 남아있는 엄마의 모습이 되살아나 대비되었다. 혜란이 대관령 초등학교 분교에 입학하던 날, 엄마는 체리 빛 진분홍의 트렌치코트를 입고, 긴 갈색의 웨이브 진 머리칼을 초봄의 바람에 살랑거리며 혜란의 동선 따라 움직여주었다. 도시에서 나고 자랐고 간호대학도 서울에서 나온 상큼하고 시크한 도시 여자였던 엄마의 세련된 모습은 단연 산골 분지초등학교의 다른 엄마들 가운데에서 군계일학처럼 돋보였다. 그 기억은 친구들에게 뽐내고 싶은 엄마에 대한 자긍심이었고 영원히 변하지 않는 엄마의 아우라가 되었다.

아버지는 대관령 분지마을에서는 소문난 부자로 알려져 있다. 배추 주산지에서는 배추밭 평수의 숫자가 빈부를 갈랐다. 백 평 단위에서 만 평 단위까지 격차가 컸다. 그것이 재혼인 아버지가 비록 나이는 좀 많았지만 초혼인 보건소 간호과장이었던 엄마를 재혼아내로 맞이할 수 있었던 조건이었을 것이다.

중동의 아랍권 국가들에서는 낙타의 숫자가 부를 상징하고, 일부다처가 허용되어있어 낙타의 숫자와 아내의 숫자가 비례한다고 알고 있다. 돈이 많으면 여자도 여럿 거느릴 수 있는 일부다처인 중동의 이슬람 국가들에 많은 흥미가 끌렸다. 어느 나라 어느 지역에서나 부를 가르는 기준은 분명히 존재했다.

서울대 캠퍼스 안에 있는 아크로폴리스광장, 옆 주차장을 가득 메운 고급스러워 보이는 자동차들과 그 사이를 분주히 오가는 세련되고 명품으로 조화를 이룬 중년의 부인들 그리고 아버지들, 그들도 입학생 부모들인 것 같았다. 손에는 꽃다발이 들려 있었다. 아버지는 어머니의 빈자리까지 다 채워주려는 듯, 지극정성을 들였지만, 그것은 홀아버지로서는 사실 한계가 있을 수밖에 없었다.

저 멀리 관악산 중턱쯤에서 플래카드가 초봄의 산바람에 펄럭이고 있었다. 플래카드는 바람결 따라 종잇장처럼 접혔다 펼쳐졌다를 반복하며 펄럭거렸다. 한참을 주시했다. 검은색 페인트로 쓴 '학우여 미래를 보려거든 고개 들어 관악을 보라'고 쓰여 있었다. 혜란은 무슨 말인지 얼른 이해되지 않아 그 글귀를 여러 차례 읊조린 끝에, '아~ 원대한 꿈을 품으라.' 한참 만에 감이 느껴졌다. 잔뜩 움츠려 있는 산골 소녀 혜란에게 어머니의 낮은 목소리처럼 마음을 적시며 따뜻하게 다가들었다. '혜란아, 너나없이 같은 출발선에서 서 있지 않니. 주눅 들지 말고 꿈을 향해 당당하게 걸어가렴.' 분명 어머니의 낮은 음성이 귓가에서 스치는 것 같았다.

가슴속에서 용기가 솟았다. 그날 보았던 그 글귀는 혜란의 심장을 꿰뚫고 들어와 나아갈 이정표가 되었고, 고시를 향한 푸른 날개가 되어 함께 커갔다.

관악산의 지형은 조선실록에서도 찾아볼 수 있듯이, 우뚝 솟은 주봉이 여러 조봉들을 거느리고, 호랑이가 뛰어가는 듯한 역동적인 형상이라고 기록되어 있다.

화기의 기운이 강해서 관악산을 바라보고 궁궐을 지을 때는 물을 담아 두는 연못을 설치했고, 그 곁에는 불을 삼킨다는 전설 속의 동물, 해태상을 세우는 것을 빠뜨리지 않았다. 조선시대에 세워진 궁궐에는 어김없이 문 앞에 해태상이 있는 이유다.

관악산 자락에 우리나라 인재의 요람인 서울대가 들어오고 고시촌이 형성된 것도 우연은 아니었다. 높고 낮음이 없이 완만하게 굴곡을 이루면서 용이 비상할 것처럼 꿈틀대는 형상이라는 청룡산이 관악산을 우러르듯 마주하고, 그 사이로 관악산 정상에서부터 골짜기를 스치면서 수량을 불린 도림천이 유려한 곡선을 그리면서 흐른다. 참 절묘한 배산임수의 지형이었다.

도림천은 지형적으로는 관악산의 화기를 완화시켜 줄 뿐만 아니라 실질적으로 갖가지 수생식물들이 뿌리를 내리고 자라는 생태계의 보고 역할을 하고 있다. 큰길가에 서 있는 플라타너스 가로수 잎들이 무성해지는 초여름이면 자연의 순환에 따라, 도림천 습지에서 창포들이 다투어 피어났고, 수생식물들은 그 짙고 싱싱한 줄기를 저 멀리까지 한껏 내던져 뻗고 있었다.

그런 지형적 여건을 갖춘 신림동으로 등용을 꿈꾸는 젊은이들이 청운의 꿈을 안고 모여들면서 자연스럽게 고시촌이 형성되었다.

지금의 관악은 고시뿐, 아니라 자연과 학문, 문화 예술 그리고 과학과 문명이 한데 어우러져 국내의 인재는 물론 국외 유학생들까지 불러들였고, 명실상부 학문연구와 과학발전, 문화융성에 이바지하는 지식의 메카로 자리 잡았다.

혜란의 서울대 법대 합격은 일찍이 예견되기도 했지만, 실제 현실로 드러난 결과는 그렇게 많은 사람을 들뜨게 하였다. 아버지는 서울법대 합격은 곧 고시 합격이라는 등식을 철석같이 믿고 있는 것 같았다.

혜란은 그림자로 남아있는 어머니의 부재가 사무치게 그리울 때가 많았다. 지금처럼 자신이 무언가 이루었을 때, 함께 기뻐해 주면서 어깨를 토닥여 주고 응원해 주는 어머니가 곁에 있었더라면… 혜란에게 아버지의 사랑은 살아갈 힘의 원천이었다면. 어머니의 품격이 서린 그림자는 지켜가야 할 법도였고, 자긍심이었다.

수재들의 집단일수록 관계 맺기, 친구 사귀기가 쉽지 않았다. 모두 치열한 경쟁 속에서 최후까지 우위를 지키며 여기까지 왔다는 자긍심이라든가, 우월감이 남달랐다. 거기다 사회적 지위나 경제적으로 성공을 일군 부모를 가진 치들이기에, 자만심과 풍요를 누리며 자라온 그들만의 리그는 견고했다. 눈에 보이지는 않지만 분명히 마음속에 굳게 걸어 잠근 빗장은 아무에게나 쉽게 열리지 않았다.

산골 소녀 혜란은 주눅 들지 않으려 더욱 공부에 매진했다. 혜란이 그들 속에 섞여드는 것은 실력뿐이라고 스스로 여겼다. 학부과정 4년 내내 학점이 중위권 정도 평점의 상위를 유지했다. 사실 사법고시에의 꿈을 키우게

한 것도 그런 학점이 받쳐 주었기 때문일 것이다. 물론 아버지의 헌신적인 뒷바라지도 그런 성적에 기인하고 있다는 것은 가족 누구도 부인하지 못할 것이다.

철학과 사상의 한 갈래인 법리는 퍽 어렵고 경직된 이론이었다. 죄와 벌이라는 이분법적이고 공학적 징벌 관계로만 짝지어진 융통성 없고 퍽 차가운 학문이었다.

생사여탈권을 획득하려는 자들이 자칫 오류에 빠지기 쉬운 죄의 원천을 유전적 형질이라거나 척박한 환경적 생태에서 배태된다는 유물론적 사관이 지배적이었다.

거기에 머물지 않고, 사실 죄의 일어남은 환경적 여건에 못지않게 인간 심리적인 영향이 더 크게 작용할 수 있지만 결과론적인 법리이론에서는 철저하게 배제되고 있었다. 죄의 일어남은 한 찰나일 수도 있다는 기본 마음의 작동원리는 다소 종교적이면서 철학적이기까지 했다. 거기에 비해 법리의 구조는 과학과 이성만이 지배적이었다.

어쨌거나 혜란은 매 순간 일어나는 마음 상태 관리를 간과해서는 안 된다고 생각했고 학부 기간에 범죄심리학에도 많은 시간을 할애하려 노력했다. 범죄심리학은 징벌에 앞서 예방적 목적이 근거였다. 혜란은 자신의 의식의 지평을 넓혀 심리분석이나 범죄 파일러 분야에도 관심을 가졌다.

그러나 혜란에게 학부과정 4년 내내 아무 일도 일어나지 않았다. 강의실과 도서관을 다람쥐 쳇바퀴 돌리듯 수도 없이 오가며 나날이 책과 씨름했지만, 타고난 태생적 환경의 한계는 극복되지 못했다. 처음 가졌던 공부에의 자신감은 차츰 무기력해져갔고 실력 같은 건 오히려 부차적이었다. 영국의 경제학자 애덤 스미스의 이론처럼 '보이지 않은 손'이 드러나지 않으면서 각자의 이해에 따라 움직이는 거대한 힘에 의해 작용되어진다는 것을 알아차린 건 졸업을 앞둔 시점이었다.

비겁한 변명 같지만 산골 소녀에게는 버거운 시간들이었다. 이렇다 하게 실력을 증명할만한 자료 하나 만들지 못하고 시간은 갔다. 청춘의 낭만도, 이성 간의 주제 없는 풋풋한 사랑도 미루어진 채였지만, 시간만은 유예 없이 지나가 버렸다.

혜란은 졸업이 몇 달 남지 않았다. 초조한 건 혜란만이 아니었다. 우물 안 개구리같이 산골에서 수재였던 혜

44

란에게, 서울 영재에서 서울 수재로 자라 장차 이 나라의 상류 그룹을 형성할 실존적 치들의 가치를 알지 못했던 아버지는 행여나 학부 중에 고시 합격 하지 않을까 하는 과대 몽상 같은 기대를 키워왔던 모양이었다.

"혜란아, 별일 없쟈?"

아버지는 뜬금없는 소리를 하려고 가끔 전화를 했다. 아버지의 별일은 고시 합격 소식이었다.

마지막 시험과 졸업논문만 제출하면 학부과정은 끝이었다. 길다면 길고 짧다면 짧을 수도 있는 4년 시간이었지만, 혜란은 아무것도 이룬 것이 없이 마주하게 된 허무가 깃든 시간이었다. 고시 합격과 동등한 가치를 지닌다는 장래성 있는 남자친구 하나 만들지 못했다. 어영부영 4년이 흘러가 버린 것이다.

4년 내내 기숙사를 이용할 수 있었던 것만 해도 지방 수재에게 주어진 특혜였다. 조금 치사스럽다는 자존심과 갈등했지만 본가의 식구들, 아버지를 비롯해 오빠, 오빠는 혜란과는 나이 차도 많았고 어머니가 다른 탓인지, 늘 차갑고 다가가기 어려운 존재였다. 그런 가정형편을 생각하면 비교적 싼 비용으로 신림동에 체류하려면 그대로 받아들일 수밖에 없었다. 하지만 이제는 여지없이 기숙사를 나와야 한다. 졸업과 동시에, 그동안 누렸던 지방 학생 우선 배정 특혜도 내려놓아야 했다.

지나간 시간에 비례해서 많아진 책들과 함께 혜란은 신림동 원룸에 둥지를 틀었다. 방세를 아끼기 위해 장진영과 함께였다. 진영은 혜란보다 1년 선배였다. 학교 도서관에서 공부하다 알게 된 친구였다. 장진영은 작년 산이었다(작년 졸업생을 고시촌에서는 그렇게 불렀다). 겨우 1년 선배인데도 이곳 고시촌에서는 숫자에 민감했다. 그 햇수가 쌓여 갈수록 고시촌을 벗어나지 못할 가능성, 즉 고시낭인이 될 확률이 높아졌기 때문이다.

진영은 충청도가 고향이고 매우 긍정적 마인드를 가졌다. 도서관에서 공부하고 구내식당에서 몇 번 같이 밥을 먹은 적이 있었다. 학교 식당의 메뉴는 고작 두 가지였다. 카레와 김치찌개, 혜란은 늘 카레를 먹었고, 진영은 주로 김치찌개를 시켜 먹곤 했다.

진영과는 룸메이트로서 서로 배려하며 불편 없이 지냈다. 방을 쪼개 쓰면서 방바닥에 보이지 않은 경계가 만들어질 정도로 둘은 선을 지켰다. 화장실 사용도 배려 차원에서 순번을 잘 지켰고, 특히 사용하고 빼낸 생리대는 상대방의 눈에 띄지 않게 잘 접어서 휴지통에 버리기로 하고 청소는 교대로 했다.

머리카락 한 올에도 네 것 내 것 알아내서 각자의 영역으로 넘겼다. 진영은 긴 머리였고, 혜란은 단발머리여서 길이에서 확연히 구별되었다. 염색의 색깔이 다르다는 것도 머리 임자를 찾는데 유용했다.

가정형편이야 방을 반쪽씩 나누어 써야 할 만큼 자로 잰 듯 비슷했다. 진영은 꽤 미모였다. 고시 안 되면 탤런트 오디션이라도 본다면, 될 가능성이 보일 만큼 예쁜 얼굴이었다. 사실 혜란도 어렸을 적에는 평창 고랭지 배추 아가씨 선발대회에 나가기만 하면 1등은 따놓은 당상이라 할 만큼 예쁘다는 말을 많이 들었다.

그런 미모는 사실 엄마에게서 받은 유산이었다. 혜란의 미모를 칭찬할 때면 언제나 순수해 보인다는 수식어가 따라붙었다. 순수미인, 청정미인, 어딘가 촌스럽고, 세련돼 보이지 않는다는 은유로 들리기도 했지만 잘 가꾸면 세련될 잠재 가능성은 있다는 말로 해석하며 미래를 약속받은 것 같아 기분 나쁘지는 않았다.

지금이야 사철 청바지에 기본 티 그리고 운동화 차림이 아우라로 굳어져 있지만, 가끔 흙수저들끼리 모이면 이 차림이 서울대학 교복이라며 자조 섞인 말로 자신들의 처지를 합리화하기도 했다.

　진영은 남자친구도 가지고 있었다. 그런 미모의 서울대 법대 출신, 장차 판, 검사 예비자 신분인 고시생을 남자들이 그냥 놔둘 리 없었다.

　운 좋게도 학부 2년 차일 때 복학생이었던 과 선배라고 했다. 그렇게 치면 사귄 지가 꽤 오래일 것 같았다. 진영의 말로는 남자친구 있는 게 여러모로 도움이 된다고 은근히 자랑처럼 들릴 수도 있는 말을 했다.

　혜란은 지금 싱글로 있는 자신 들으라고 하는 말 같기도 해서 은연중 부럽기도, 한편 부하가 치밀기도 했다. 그걸 누가 몰라, 덫을 놓을 미끼가 없는 걸, 아직 야성에 묻혀있는 순수미, 자연미, 그것을 캐치해 주는 눈 밝은 남자를 만나지 못했기 때문이라고 애써 위로할 수밖에 없다.

　혜란에게도 들이댄 남학생이 없었던 것은 아니었다. 새내기 신입생 때의 동아리에서 만난 선배가 무척 관심

가져주었고 보살펴주어서 학교생활에 쉽게 적응할 수 있었지만, 지금은 홀연 싱글이다. 군 입대를 하면서 멀어지더니 그 후 아예 소식이 끊어졌다. 그 외에도 소소한 연애일기 정도는 기억의 저편에 저장되어있는 상태다.

진영은 남친과 학원 수업과 스터디그룹에서 함께 공부한다고 했다. 가장 이상적이고 누구나 한 번쯤 꿈꿀 수 있는 학문연구와 연애를 겸한 부러운 조합이었다.

같은 목표를 가지고 같은 방향을 바라보면서 어깨를 나란히 걸어가는 동행이 있다면 긴장되고 힘들 때, 서로를 격려하며 단비처럼 촉촉하게 적셔줄 이성 친구가 있다는 것은 분명 행운이었다.

진영은 하루 내내 방을 비우고 있다가 밤늦게 들어왔다. 가끔 술에 취해 들어오기도 했다. 낮에는 학원 수업 듣고, 저녁에는 '민들레영토'라는 룸 카페에서 그룹 스터디 수업을 한다고 했다. 스터디 수업 마치면 맥줏집에 모여 맥주 한 잔씩 하는 걸로 책과 씨름하면서 긴장으로 단단해진 하루를 이완시킨다고 했다.

그룹 스터디에 참여하고 있는 멤버는 현재 모두 1차 준비를 하는 사람들인데 함께 공부한 지는 그리 오래 되

지 않았지만 동일한 지점을 바라보면서 같은 과정을 지나
가는 학우들이라 공통점이 많아서인지 빠르게 친밀해졌
다며 그냥 소개하는 말인지, 수재 집단과의 네트워크를
과시하고 싶은 마음인지 듣기에 따라서는 이해가 다를 수
있는 사안을 진영이 입가에 힘이 들어간 톤으로 늘어놓
았다.

멤버 중에는 현재 직장인도 있고, 직장을 그만두고 고
시준비에 뛰어든 사람, 복학생 등 다양하지만 목표가 오
직 하나로 집약되어 있어서인지 빠르게 가까워지더라고
했다. 공부하는 방식도 학원 수강에만 의존하기보다, 서
로의 강점을 살려 품앗이 형식으로, 피드백 한다고 했다.

학원 강의와 다를 바 없는 수준들, 사실 학원에서 형
법 강의를 하고 있는 '박진우 강사'도 있다고 엄지손가락
을 치켜세웠다.

돈을 아껴야 하는 혜란에게 구미가 확 당기는 정보였
다. 혜란은 다소 과장이 끼어있을 것 같다고 생각하면서
도 부러웠다. 무엇보다 멤버 중에 학원 강사가 있다는 말
이 귀에 꽂혀 자신도 당장 끼일 수 있느냐고 묻고 싶은
데, 진영의 체계적으로 잘 정리된 자랑 앞에, 말을 자르
고 끼어들 시점을 찾지 못해 눈만 크게 뜨고 바라보고 있

었다.

"구성 멤버 모두 서울 법대 출신들이야." 혜란은 자신도 모르게 힘이 들어간 소리로 물었다. 그것만이 혜란이 확실하게 따놓은 유일한 브랜드였다. "그건 정확히 모르겠고, 모두 학원에서 실시하는 모의 실전고사를 보고 동레벨 자들끼리 연락해서…" 진영의 대답이었다. 혜란은 머쓱해졌다. 내세울 조건이라고는 철 지난 학부 졸업장 하나뿐인 자신이 너무 초라하게 느껴져 얼굴이 붉어지는 것 같았다.

말을 마친 진영이 한국법학원에서 분기마다 실시하는 실전 모의시험에 한 번 응시해보라고 권했다. 시험 응시비가 좀 비싸기는 하지만 거의 실전 수준으로 출제가 되기 때문에 자신의 실력을 가늠해 보는데 비교적 정확하다고 했다.

그 시험 결과에 따라 멤버들과 의논해서 합류할 수 있게 주선해 보겠다고도 했다. 말하자면 실력이 동등할지 레벨을 보겠다는 의미였다. 혜란은 진영의 말이 듣기에 따라서는 자존심이 상할 수도 있었지만, 괘념치 않기로 마음먹었다. 그렇게 길을 일러 주는 것만으로도 고마울 따름이었고, 시험점수가 잘 나오면 스터디 팀에 넣어 준다는 말이 스윗 커피 맛보다 달콤했다. 목적을 이루기 위해 자존심 따위 잠시 접어두기로 했다.

혜란은 방을 나섰다. 학교도서관을 향해 걸어갔다. 길은 여느 때와 달리 한산했지만. 곧 태풍이 몰려올 것 같은 알 수 없는 불안한 정적이었다. 신호등을 건너서 서울대 정문이 가까워지자, 메케한 기류가 날아들었다. 참 어제 오후에 서울대 정문 앞에서 산발적 시위가 있었다는 것을 떠올렸다. 어제 쏘아댄 최루가스 냄새가 미처 빠져나가지 못하고 갇혀있는 것 같았다. 정문 앞에 이르자 시위의 흔적들 '젊은이여 깨어나라' '대통령을 국민의 손으로 뽑자' 등 손 피켓들이 나뒹굴었다.

도서관 입구에 이르렀을 때, 역시 분위기가 다르지 않았다. 커피자판기 앞에 서너 명씩 무리를 지어 고개들을 주억거리며 무슨 얘기를 하는지 심각한 표정들이었다. 혜란은 무슨 일인가, 귀를 쫑긋 세우고 들어보았다.

어제는 분명 경찰의 과잉진압이었다. 시위자의 숫자에 비해 진압군 수가 어마무시했고 진압장비들은 가히 위협적이었다. 그래서인지, 지나가는 행인들, 심지어 관악산 둘레길을 산책하던 사람까지 경찰이 쫓아가서 곤봉으로 때리고 남은 최루가스를 마저 분사해 기절하다시피한 사람을 차에 태워서 연행해 갔다. 진압한 성과를 보이기 위해서인 것 같았다. 얘기하는 무리는 대부분 그 현장을 지켜본 학생들 같았다. 그때 누군가 격양된 목소리로 말했다.

"우도할계(牛刀割鷄)라는 거야! 전쟁에 사용할 전투병력을 시위진압에 투입한 거 아니야."

"연행자들, 즉각 풀어주지 않으면 우리도 이대로 당하고만 있을 수 없지."

학생들은 제각각 분노하고 있었고, 학생시위의 서막을 예고하듯 '싸~아'한 기류가 떠돌았다.

시간에 맞춰 도서관을 나섰다. 스터디 카페 '민들레영토'로 가기 위해서였다.

혜란은 진영의 말대로 법학원에서 실시하는 실전모의시험을 치렀다. 예상했던 대로 형법판례가 다소 어려웠을 뿐, 다른 과목은 많이 다루었던 이론들이어서 어렵지 않게 찍어냈다.

결과도 평점 이상이었다. 실제 시험에서도 이런 수준

의 난이도라면 1, 2차를 원스트라이크로 통과할 수도 있지 않을까, 혜란은 자신감이 충전되고 있었다. 보완해야 할 과목은 역시 형법과 형사소송법이었다. 조문과 판례로 형사소송법을 해결하고 형법의 구성 요건을 하나 더 채택하는 것으로 수험전략을 꾸렸다. 여타과목은 평점을 상회하는 점수가 나왔다.

혜란은 일단 스터디 팀에 합류시켜 준다는 진영의 약속이, 가끔 말 화살을 날려 당황스럽게도 하는 진영이었지만, 더없이 고마웠다. 과목별로 수강 신청 안 해도 될 터이고 같은 방향을 바라보면서 실력을 겨룰 수 있는 학우를 만나는 것도 목적지에 빨리 이르는 지름길이 될 것 같았다.

처음 찾아가는 '민들레영토'는 한 길가에 있었다. 입구에 붙여놓은 안내 표지 따라 지하로 내려갔다. 입구에 서 있던 아르바이트생인 듯한, 어린 학생이 다가와 "어느 룸 예약자냐?"고 물었다. 그냥 대기실 의자에 앉아 기다리겠다고 했다.

한참 후, 지하로 내려오는 발자국 소리가 소란스럽게 울린다. 문을 밀고 들어오는 한 무리, 대부분 낯선 얼굴이었다.

그중에 서민주가 보였다. 너무 반가웠다. 서먹하던 참인데 뜻밖에 민주를 만나다니, 민주도 몹시 놀라는 것 같았다. "혜란아, 오늘 새로 온다는 멤버가 너였어?" 민주는 반가워하는지, 놀라워하는지 눈을 크게 뜨고 물었다. 서민주와는 동급생이었지만 그리 가깝게 지내지는 못했다. 민주는 아버지가 중동에 진출해있는 국내 굴지의 건설회사의 중역으로 가정형편이 꽤 부유한 걸로 알고 있었고 민주 역시 그렇게 행세했었다.

모두 자리에 앉았다. 혜란은 민주와 나란히 앉았다. 멤버는 모두 학교에서나 학원가에서는 잘 알려지고 실전 모의고사에서 우수한 성적을 내는 말하자면 합격 가능성의 최선봉에 있는 A+그룹이었다. 암묵적 인정이었지만, '웅비 스터디그룹' 학원가에서는 그 모임 수업에 참가하기를 원하는 사람이 많았다. 혜란은 이들과의 합류가 합격에 한 걸음 다가선 것 같은 성마른 예감을 감지하면서 기분이 한껏 달떠 오르고 있었다. 모두가 진영 덕이라고 마음으로 감지덕지했다.

팀원이 하나 둘 들어와 자리를 잡고 앉자 혜란은 조금

서먹했지만 그래도 당당하려 애썼다. 맨 마지막으로 헐레벌떡 진영이 뛰어 들어왔다. 찬바람에 볼이 발갛게 상기되어있었다.

혜란은 진영을 향해 가볍게 눈인사를 했다. 그리고 눈을 돌려 주위를 주욱 훑어보았다. 모두 청운의 꿈으로 눈빛들이 빛나 보였다. '미래를 보려거든 관악을 보라' 관악산 바람에 펄럭거리는 플래카드의 글귀를 '합격을 예측하려거든 이들의 눈빛을 보라'로 바꿔 외워도 될 것 같았다. 모두 등용의 꿈을 안고 관악에 모여든 노란 잉어들이었다.

맞은편 정면으로 앉아있는 남자는 왠지 늙어 보이는데다 표정도 어두워 보였다. 혜란처럼 당당을 가장하고 있었지만 어딘가 초조한 빛이 배어 있었다. 오랜 기간 고시촌에서 시간을 보냈거나 아니면 다니던 직장을 그만두고 고시에 뛰어들었거나… 차차 알게 되겠지. 궁금해하면 관심 있는 것으로 오해 받기 십상이니까. 혜란은 이제야 기숙사 울타리 밖의 세상에 조금씩 의식이 깨어나고 있는 것 같았다. 연륜이 느껴지고 어두운 얼굴 표정으로 보아 장수생일 것 같았다. 가장 되어서도 안 되는, 반면교사 상이었다.

오늘 새로 온 멤버는 자기소개를 하라고 분위기를 주도하고 있는 남학생이 말문을 열었다. 새로운 사람은 두 사람이었다. 오혜란과 한 여린 듯, 당찬 듯, 새침해 보이는 여자애, 너무 새침해서 나르시스트처럼 보였다. 여자가 먼저 일어나 자기 소개를 했다. 이름은 양화영이고 아직 학부과정인데, 연인 관계인 성건 오빠의 권유에 한 번 탐사 차 와 봤다고 했다. 팀 분위기 좋고 다 실력 있는 멤버라고 소개해서 오게 되었다고 말했다. 탐사 차 한번 와 봤다는 말이 고시 공부에는 별 관심이 없고, 성건 오빠의 권유를 거절하지 못해서가 더 비중 있게 들렸다. 어려 보였고 당차고 똘똘할 것 같았다. 서울 말씨였고, 청바지에 티를 입고 있었지만, 청바지도 청바지 나름이지 혜란이 입고 있는 것과는 비교가 안 되게 명품 진인 것 같았다. 금수저 물고 나온 사람이라는 것이 한 눈에도 느껴졌다.

혜란의 차례가 되자 "여러 선배님을 만나게 되어 반갑고 함께 공부하게 되어 기쁘다."고 조금 진부하고 상투적이긴 해도 괜히 남다르게 말하려다 실수할까 봐 입에 길들여진 말로 인사를 했다.

리더처럼 분위기를 쥐락펴락하고 있는 남자가 혜란을

바라보면서 이름은 박진우이고 학교 졸업하고 아르바이트 삼아 학원에서 강의하느라 세월 가는 줄 몰랐다고 익살스럽지만 퍽 능변으로 말했다. 이어붙이는 낱말들과 수사, 접속어들이 매끄럽게 흘러나왔다. 그의 학원 강의 과목은 '형법과 형사소송법'이라고 말했다. 혜란은 형법과 형사소송법이라는 말에 귀가 번쩍 틔었다. 혜란에게는 그 두 과목이 아킬레스건이었다. 앞으로 나아가는 데 발목을 잡는 과목이기도 했는데, 박진우의 자기소개는 길게 이어졌다. "지금까지는 학부 성적만으로 학원 강사 할 수 있었는데…" 그러니까 자신은 학부 성적이 우수했다는 것을 에둘러 표현하는 것 같았지만 자연스럽고 당당해서 별 거부감 없이 들렸다.

"요즘 수강생들은 영악스러워지고 요구수준이 높아지면서 고시 합격증 즉 변호사 자격증 없는 강사는 신뢰할 수 없다는 항의가 빗발치고, 심지어 모난 놈들은 강의 중에 법 조항을 설명하면 삐딱하게 앉아서 '그런데 그렇게 잘 아는 너는 왜 안 됐냐?' 비아냥거리는 소리가 앞의 강사 귀에까지 들려온다."고 말하자 하, 핫! 허헛! 일동이 웃음을 터뜨렸다.

학원 측에서 변호사 자격증 소지자로 강사를 교체하는

중이라 아직은 좌고우면하면서 붙어 있긴 한데 조만간 잘릴 것 같다며 일단 고시 합격부터 해야 할 것 같다고 했다. 그의 말에서는 은연중 시험에 응시만 하면 합격할 거라는 뉘앙스가 풍겨 나와 퍽 자신감 있어 보였다.

성건은 일찌감치 군 복무를 마쳤고 다시 학교로 복귀한 복학생이었다. 원칙대로 군 복무를 필한 원칙주의자로 서울대생이라면 다 알고 있다시피 아버지가 법조계 유력인사였다. 법조계 유력인사의 아들이고 서울법대생이 학부 기간에 사병으로 군 복무를 필한 경우는 다소 이례적이었다.

그 옆에 다소 초췌해 보이고 나이가 들어 보이는 남자는 이름이 지동민이고 역시나 장수생이라고 했다. 그는 결혼해서 본가에 세 살짜리 아들이 있고, 부인이 초등교사라고 민주가 살짝 귓속말을 했다.

진영 옆에 앉은 남자가 진영의 남자친구 허민욱이었다. 아까부터 둘이 얼굴을 가까이 디밀고 귓속말을 하는 걸 보고 혹시나 했는데, 역시 진영의 남자친구였다. 혜란은 한 번 더 바라보고 미소를 지어보였다.

맨 나중에 '주경야독(晝耕夜讀)'한다고 소개한 사람은 남길현이었다. 낮에는 밭을 갈고 밤에는 글을 읽는다는 말인데, 역시 낮에는 회사에 나가고 밤에는 고시 공부를 하는 직장인이었다.

첫째 날은 그렇게 상견례와 자기소개, 앞으로 이 팀에서 꾸려나갈 커리큘럼 등 간담회로 수업을 대신했다. 다음 시간부터 본격적으로 올해 안에 전원 1, 2차 원스트라이크 합격을 목표로 진행할 거라고 학원 강사 박진우가 마무리 발언을 했다.

새로 합류한 팀원을 위해 저녁에 맥줏집 '앙가쥬망'에서 만나자는 약속을 하고 각자 흩어졌다. 혜란은 '앙가쥬망'이 무슨 뜻인지 몰라 진영에게 물으려다 그만두었다. 또 '네이버에게 물어봐!' 말 화살이 날아올 것 같아서였다.

서울대 법대생들 사이에는 결코 건너 뛰어넘을 수 없는 빈부의 강이 존재한다는 말이 암암리에 떠돌았다.

서울 강남파와 지방 수재파 사이에 가로 놓인 빈부의 강, 돈의 많고 적음, 부모의 사회적 계급은 결국 문화의 차이로 이어지고 세습화되어 지면서 가까워지기보다 건너갈 수 없는 신분의 강으로 굳어갔다.

강남파들은 어렸을 적부터 부모님의 아낌없는 재정적

지원으로 여러 가지 체험학습을 통해 다층적이고 다변적이고 다양화된 의식으로 예측을 뛰어넘는 변화에 즉각적으로 대처하는 능력이 함양되어있었다. 그들은 초등 때부터 아이스크림을 빨면서 국제선 비행기를 타고 어학 연수차 영어권 국가들을 이미 여러 차례 다녀왔고, 실제 그들의 영어 실력은 토익이나 토플 점수를 대체할 자격증들을 여럿 소지하고 있었고 상황만 주어지면 단련되어 체화되다시피 된 영어가 유창하게 흘러나왔다. 거기에 비해 지방 수재들은 아이큐 검사에서 숫자는 높게 나올지 몰라도 현실 체험 부족으로 세상을 편린으로 바라보고 편집적일 수밖에 없었다. 부러워하면 지는 거라고 했던가. 그런 빈부의 강은 결국 건너갈 수 없는 차별의 강으로 가로놓여 있었다. 강은 산을 넘을 수 없고, 산은 강을 건너오지 않는다는 말은 비단 산과 강의 문제만이 아닌 것 같았다.

맥줏집 안은 이미 많은 사람으로 가득 차 있었다. 성건이 먼저 문을 열자 열기인지 사람의 체취인지 '훅' 탁한 공기가 밀려왔다. 우리 팀 아홉 사람이 들어서자 홀 안이 가득 들어차 보이고, 자리가 부족 할 것을 알아차린 아르바이트생인 듯한 남학생이 플라스틱 보조 의자를 가져다

놓아주었다.

혜란은 낯선 광경들에 눈이 휘둥그레졌지만, 애써 태연한 척했다. 홀 안을 두리번거려 보았다. 차림새나 형색들이 모두 제각각이었다.

머리 감은 지가 언제인지 떡이 져 있는 넝마 같은 남자아이, 그는 머리감기가 공부하기보다 더 싫은 사람일 것이다. 그런가 하면 반바지에 맨발인 채, 슬리퍼를 앞 발가락에만 꿰어 신고 겨울 파카를 머리까지 뒤집어쓰고, 여러 계절이 혼재된 차림새로 잔을 기울이는 남자, 양아치처럼 보이면서도 눈빛에서는 이성과 지성이 날카롭게 빛나 보이는 청년, 오늘만 술 마시고 내일부터 공부한다라는 결의가 서려 있는 게 보이기도 했다. 모두 남루해 보였지만 퍽 당당해 보였고 걸핏하면 맨발의 청춘들이라고 자조하기를 잘하는 그들일망정 표정만은 중세의 독일 철학자처럼 엄중해 보였다.

고시생과 술은 어떤 관계일까, 적대적 관계일까 함수 관계일까, 혜란은 기숙사 방에만 틀어박혀 책과 시간 싸움만 했지, 이런 환경은 조금 낯설었다. 술과 고시 서적, 취하고 비틀거림도 청춘의 한 과정이라면 통과해야 했다. 대개는 대학에 들어가면 사회초년생이라는데 혜란은 말 그대로 대학 졸업하고 사회초년생이 된 것 같았다. 그동안 자신의 일상의 틀에 박혀 얼마나 단조롭고 건조했었나, 학교 강의실과 기숙사 방, 가끔 들르는 강원도 본가, 대중문화는 차치하고라도 대학문화를 향유할 기회마저 갖지 못했다.

책으로 익힌 지식과 현실체험 결핍 사이에서 오는 괴리감은 지식마저도 편협하게 만들어버리는 것 같았다. 이론과 체험은 함께 가야 했다. 두 바퀴로 굴러가는 수레처럼, 새는 양 날개로 날 때 가장 견고하게 가장 멀리 날수 있다고 했던가. 혜란에게 어머니의 부재는 마음에 새겨진 좌절이었고, 열패감, 무엇으로도 채워지지 않은 공허와 결핍의 심연이었다.

녹두거리 넓지 않은 길, 양 옆으로 술집들의 간판이 나날이 그 숫자를 더해갔다.

'앙가주망' '보헤미안' '디오니소스' 파리의 뒷골목, 살롱 가를 연상시키는 간판들이었다. 고시생들의 얇은 주머니를 노리는 술집들이 생겨나기 시작하더니 어느 순간부터는 우후죽순처럼 번져나갔다. 술집 간판들은 억압된 감각들을 일깨우는 도발적인 뉘앙스를 내포하면서 통신

선들과 어지럽게 얽혀있었다.

그중에서는 우리 팀은 독재에 항거하는 지식인의 현실 참여라는 의미를 지닌 '앙가쥬망' 맥줏집을 휴식의 아지트로 많이 이용했다.

잠꼬대도 법 구절로 한다는 고시생들이 가장 듣기 싫어하는 말이 책상물림, 책상 지킴이라는 즉, 현실을 외면한 공부벌레, 자아성취에만 빠져있는 독선적 출세주의자라는 사회적 통념에 대해 강한 저항의식이나 반격의 심리가 기저에 깔려있었다.

비어홀, 누구에게는 긴장에서 망각으로, 매너리즘에 젖어 있을 땐 각성제로 고시생과 맥주, 필수불가분의 함수관계를 가진 술집들, 청춘들은 그렇게 각성과 망각 사이를 오가며 그들이 만들고, 그들이 누리는 고시촌 문화에 젖어 들고 있었다.

오늘의 고난과 절제가 내일의 행복을 담보한다고 믿는 독일의 스토아주의 철학자들처럼 무거운 표정의 젊은 청춘들, 돈과 시간을 온통 미래에 걸고 비루한 현실을 견뎌내고 있었다.

밤이면 간판들은 현란하게 불빛들을 내뿜으면서 난해

한 법전 문구의 이해와 숙지에 지쳐있는 남루한 청춘들을 유혹했다. 가난한 지방 수재거나 도시의 여유로운 부모를 두었거나, 하나같이 부모의 기대와 가문의 영광을 보이지 않은 어깨띠처럼 두르고 있는 그들은 이미 용들이었다.

지방 수재들에게는 그런 묵시적 조건 하에서 부모님들이 매달 부쳐준 돈으로 고시전문학원 수강할 과목 한두 강좌라도 신청하고, 원룸비 내고 고시식당 한 달 치, 식권 사고 나면 돈은 통장에 머물 새도 없이 가장 중한 것부터 독일의 마르크스주의 경제학자 엥겔스의 분배법칙보다 더 지독한 내핍 상태로 분배가 이루어지고 빈 통장은 다시금 서랍 속으로 들어가 한 달을 기다려야 했다. 그 허탈감을 오로지 고시합격으로 치환하며 고시생들은 또 비루한 시간을 버틴다.

스터디 수업 고시생들은 지나치게 논리적이었고 합리적 도그마에 빠져있었다. 그들이 머리를 쥐어뜯으며 숙지하는 법리들이 그랬다. 늘 시시비비를 가려내고 승자와 패자로만 가려내야 하는 법리의 속성상 체스판 위의 게임처럼 흑마, 백마의 싸움에서 흑 돌의 승리는 백 돌의 패배, 백이 이기면 흑이 지는 이분법만이 존재했다.

그들이 사용하는 언어도 그랬다. 탈이념적이고, 탈인습적, 탈관습적으로 기성세대에 종속되지 않고 차별화하면서 가장 자유롭고 독창적이기를 그들은 원했다.

공생은 애당초 법전에서는 배제된 자연의 법칙이었고, 공동우승이나 공동수상은 유소년 경기에서나 간혹 등장하는 덕담 같은, 고시생들에게는 배제되다가 어느 순간부터 사멸화 되어버린 낱말이었다.

시험 일정이 서서히 다가오면 고시생들은 과도하게 예민해져갔다. 한 치의 여분도 없이 신경 줄이 탱탱하게 당겨있어 닿기만 해도 끊어져 버릴 것 같았다. 빛과 어둠처럼, 각성과 도취, 계속된 긴장감은 중독으로 이어지고 표정들은 하나같이 굳어져 있었다.

오전에는 주로 학교 중앙도서관을 이용했다. 혜란에게도 중앙도서관으로 가는 이 캠퍼스 길은 학부생일 때부터 수없이 오갔던 다람쥐 쳇바퀴 같은 동선이었다.

도서관에 들어서면 낯익은 얼굴들이 눈에 띄었다. 장진영과 허민욱, 민욱은 늘 먼저 와 진영의 자리까지 선점해놓고 있었다. 자리가 없어 되돌아가는 학생들에게 미안한 일이었지만 남자친구나 여자친구를 앉힐 거라면, 그들도 그냥 되돌아 나와서 바깥 벤치나 커피숍 구석에 앉아 공부하더라도, 토를 달지 않았다. 언제부턴가 이 캠퍼스에서조차 사랑하는 연인들은 치외법권적 지위를 누리고 있었다.

지동민, 그는 중앙도서관에 지정석을 가지고 있을 만큼 도서관에 진을 쳤다. 아침 일찍 맨 먼저 도착해서 밤 늦게 도서관 문 닫을 시간까지 자리를 지켰다. 그도 그럴 수밖에 없을 것이다. 결혼을 해서 세 살짜리 아들까지 두고 있으면서 가장으로서 가정경제를 아내에게 맡기고 고시에의 꿈을 버리지 못해 연어처럼, 연어는 산란하기 위해 자신이 태어난 곳으로 회귀한다지만, 노란 잉어들은 꿈을 내려놓지 못해 신림동으로 회귀하기도 했다. 지동민, 남길현처럼…. 그들은 등용을 꿈꾸는 노란 잉어가 되어 신림동으로 회귀했다. 그의 속 깊은 고뇌는 침묵의 언어로도 가늠이 되었다. 얼굴에 드리워진 어둠의 그림자로도 그의 절박함이 읽혔다. 혜란도 사설 독서실은 들여다본 적도 없이 학교도서관에만 진지를 쳤다.

점심은 서민주와 함께 구내식당에서 카레로 때우고,

휴식시간에는 느티나무 자하연 커피숍에서 커피 한 잔씩
나누어 마시는 여유도 누렸다.

　민주는 요즘 사귀던 남자친구와 헤어졌다고 했다. 남
자친구가 대학원에 진학하면서 시간 관리 차원에서 서로
갈 길 가자며 헤어질 것을 요구했고, 민주도 망설임 없이
동의했다고 했다. 꽤 오래 만났지만, 헤어짐은 한순간으
로 쿨했다. "시간관리 차원이라는 건 핑계고 실은 서로에
게 동화되지 못한 결과지." 민주는 헤어진 이유를 그렇게
정의하고 웃었지만 입가에 헛헛함이 고였다. "혜란아,
사랑이란 서로의 빛깔로 상대를 물들이는 거야." 잠시 침
묵을 지키던 민주가 가슴 시린 체험에서 습득한 지혜가
담긴 말을 했다. "그래, 사랑이란 서로 같은 빛깔로 물
드는 것, 이를테면 문화나 취향!" 혜란은 말꼬리를 올렸
다. "그러나, 그 빛깔이라는 것도 알고 보면 계산이 깔려
있는, 말하자면 등호가 성립되는 조건에서 비롯된 빛깔
일 거야. 세속자본주의의 세상엔 강력하게 그룹화된 리
그문화들이 형성되어 있지. 각자 갈 길 가자는 거는 서로
색체가 다른 문화에 함께 갈 수 없어서, 말하자면 그들만
의 꽃길에 어울리지 않은 동행자라는 뜻이 내포되어 있지

않을까. 같은 색조를 찾아 짝을 짓겠다는 퍽 현실적이고
실용적인 조건일 거야." 혜란도 이미 체험치로 알고 있는
내용이었다.

저녁엔 민들레영토로 모여들었다. 1차 시험이 코앞이
었다. 민들레영토 스터디 강의는 성건과 박진우가 번갈
아 맡았다. 헌법과 행정법은 성건이, 형법과 형소법은 진
우가 강의했다. 진우의 형법 강의는 강사 경력이 말해주
듯 스마트했다. 일종의 품앗이 봉사강의였다. 진우의 시
간이었다. 모두 진지하게 경청했다. 강의가 끝나면 커리
큘럼대로 질의하고 응답하는 토론식 수업이 진행되었다.
집중했던 시간과 달리 긴장을 풀고 수용한 내용을 자
신만의 스피치에 실어 발표하고 토론했다. 머릿속에 들
어있는 학습된 지식을 정리해서 언어로 표현하는 것이야
말로 장차 법조인으로서의 발표력 함양에 많은 도움이 될
터였다. 토론과, 이해득실의 대척점에 서있는 상대를 설
득한다는 것, 그것은 예비법조인들에게는 생명을 지키는
무기같은 것이었다. 표현되어지지 않은 지식은 사문화되
어지고 화석화될 죽은 지식이었다. 그런 모든 커리큘럼
은 진우가 주도했다. 일주일에 한 번은 실제 시험과 비슷

한 난이도의 학원에서 실시한 기출 문제지를 들고 와서 복사까지 해서 나누어주기도 했다. 너나 할 것 없이 모두 진지한 가운데 취약한 과목을 선택하고 집중했다. 혜란에게 진우의 강의가 그랬다.

"혹시 여러분들 중에 1차쯤이야, 가소롭게 생각하고 있을지 모르지만, 그것은 지옥으로 안내하는 베르길리우스의 유혹입니다. 누군가는 운 좋게 학기 중에 중간고사 치르듯 가볍게 고시에 합격해 부러움과 질투를 동시에 받는 친구도 있기는 하지만. 그런 특별한 경우를 제외하고 대다수 고시생에게 시험이라는 게 결코 만만케 생각할 일만도 아니지. 고시는 옥상옥이 되어야 선택되어지는 싱크 탱크들의 두뇌 게임이니까." 후렴처럼 끼워 넣어, 친구들에게 각성을 일깨워주는 멘트도 주로 진우가 했다.

성건의 전화기가 '드르륵' 진동으로 울렸다. 누구나 들을 수 있었지만 아무도 고개를 돌리지 않았고 진우는 강의를 계속하고 있었다.

성건이 액정을 보더니 자리를 박차고 일어나 전화기를 든 채 스터디 룸 밖으로 나갔다. 통로에서 성건이 통화를 하는 소리가 들렸다. 응대하는 것으로 보아 전대협 간부에게서 걸려온 전화인 것 같았다. "전국에 전대협 사무실이 경찰에 포위되고 2학년 재학생이 방금 전 신림동 하숙방에서 사복경찰에 의해 연행되어 갔다.”는 다급한 목소리였다. 전화기 밖으로 소리가 새어 나왔다. 팀원들은 그때서야 화들짝 놀라며 고개를 들고 서로를 바라보고만 있었다. “그래, 내 곧 갈게.” 성건의 짤막한 응답이었다. 곧이어 강의실 문이 열리고 성건이 들어와 진우에게 귓속말을 남기고 급히 나갔다. 성건이 왜 나가는지, 어디 가는지, 암묵적으로 알고 있었다. 일순간 수업 분위기는 헝클어지고 술렁거리기 시작했다. 화영이 책을 던지듯 내려놓고 성건을 뒤따라 나갔다.

성건은 전대협 학생시위에 간여하고 있었다. 그들은 성건의 도움이 필요했고 그럴 때마다 성건을 시위현장으로 불러냈다. 성건 역시 그들의 부름을 외면하지 못했다. 뜨거운 젊음은 암울한 이 시국을 외면하지 못했고, 그의 도움을 필요로 하는 학생운동 조직에 발을 담근 이상 냉정하게 철회할 수 없는 게 그들이 처한 현실이었다. 잠시 후, 양화영이 걱정과 두려움이 엉킨 얼굴로 다시 들어오더니 성건의 소지품과 책가방을 주섬주섬 챙겨 메고 밖으로 나갔다.

시험이 얼마 남지 않은 이 시점에 터진 재학생 강제연

행 사건, 이러다 시험이나 제대로 볼 수 있을지, 남은 팀원들 모두 불안을 안은 채 무거운 얼굴로 하나둘 흩어져 돌아갔다. 혜란도 급히 원룸으로 돌아와 방안에 틀어박혔다. 골목마다 검은 공포가 깔려 있었다. 낯선 사람만 봐도 혹시 잠복 경찰일까, 심장이 오그라들었다.

카오스의 시간

맥줏집 '앙가쥬망'으로 급히 모이라는 진우의 문자가
날아왔다.

관악산 아래 신림동의 밤공기는 유난히 한랭했다. 맹
위를 떨치던 혹한의 추위가 채 사라지지 않은 1월 중순의
어스름 저녁 시간이었다. 혹한의 추위보다 더 독한 군사
독재의 시절, 공권력의 횡포가 극으로 치닫고, 신림동에
서는 흔하게 들려오는 대학생을 고문실로 연행해 갔다는
소문이었다. 신림동 고시촌 분위기는 두려움과 눅눅한
공포로 술렁거리고 있었다.

술집 한구석에 진우, 진영, 민욱, 동민, 화영, 민주
모두 와 있었다. 어두운 얼굴들이었다. 사태가 심각하게
돌아간다는 것을 직감으로 느낄 수 있었다.

"왜 무슨 이유로 연행해 간 거야?" 누군가 물었다. 지
금 이유 같은 게 어디 있어." 팀원들 모두 긴장되고 난감
한 상황이었다. 고시준비에 밤낮을 가리지 않고 긴 시간

을 소비해 왔는데, 시국 문제도 결코 외면할 수 없는 발등의 불이었다.

술과 안주를 나르고 있던 '앙가쥬망' 종업원들도 흘끔흘끔 팀원들의 대화를 훔쳐 듣다 표정에 무거운 불안의 그림자가 나타났다.

남영동 대공 분실 509호, 그곳은 학생들에게는 공포의 공간이었다. 인권탄압의 현장, 악명 높은 고문실이 그곳에 있었고 잔혹한 고문 기술자들이 그의 숙련된 고문 기술을 숨긴 채 모여 있었다. "오! 종철군, 환영합니다. 이렇게 잘생긴 청년이 어쩌다 그런 고정 간첩단과 엮이다니. 고향에서 학비 대 주느라 고생하시는 부모님을 생각해서라도 그러면 되나? 그렇지만 걱정할 것 없지, 조직도 한 장 잘 그려주면 곧 집에 갈 수 있게 해줄 테니, 으응 흠." 남자가 느글거리는 웃음을 물고 다가왔다. 그리고 하얀 도화지 한 장과 싸인 펜을 내밀었다. "자, 여기 도면 한 장 그려보자, 음." 고정 간첩단 계보도를 그리라는 회유였다. 그들은 아예 전국 대학생 협의회 조직을 '고정 간첩단'이라 불렀다. "모릅니다." "북한 공작원의 자금이 전대협에 흘러들었다는 첩보가 입수됐다." "모릅니다." 어리고 앳된 순수청년들을 공안 수사관들은 아예 북한의 지령을 받는 스파이로 분류해 놓았다. 학생은 아무런 대답도 할 수가 없었다. 그저 멀뚱히 수사관을 바라보면서 "모릅니다"만 반복했다. "아, 보기보다 단단하네. 그럼 말랑말랑하게 마사지를 해주어야지." 그 말은 바로 고문을 암시하는 그들의 은어였다. 육신을 극한상황으로 몰아넣어 의식을 뭉게 놓겠다는 협박이었다. 그렇게 시작된 고문은 밤을 꼬박 새우고 새벽까지 이어지기도 했다. 고문은 상상할 수도 없이 잔혹했고 지능적이었다. 출장 고문 기술자를 불러오기도 했다. 고문 행위에도 작전명처럼 그 강도에 따라 명칭이 있었다. '욕조에 머리박기' 그 다음 단계는 '통닭구이' 손과 발을 함께 묶어 매달아 놓는 고문이었다.

고문 틀에 매달아 놓고 그들끼리는 담배를 피우고, 커피를 마시며, 낄낄거리면서 잡담을 하기도 했다. 무슨 말인지 알아들을 수도 없이 그들만의 은어들로 지껄이다 자정이 지나면 하나둘 고문실을 빠져나가 숙직실로 가는 것 같았다고 했다. 켜놓고 나간 오디오에서 '별이 빛나는 밤에' 심야 프로가 진행되고 있었다고 했다. 정신 줄을 붙잡고 집중하라는 전략이었을 것이다. 교활하고 교묘한 자들의 소행은 치를 떨게 했다. 고문 틀에 매달려 번개 같은 빛이 망막 위에서 작열했다. 가물가물 현실이 사위어갔다. 의식 너머에서 죽음의 검은 그림자가 너울거렸다. 여린 영혼은 속절없이 무너져 내렸다. "너희들이 그런다고 세상이 바뀔 줄 아나? 조용히 엎드려 있으면 총알받이는 면한다." 소리만 이명처럼 울리다 멎었다.

혼돈의 시간들, 그 철저하게 암흑에 싸여있는 잔혹성이 세상에 알려진 건, 서울대 사범대생 김상현에 의해서였다. 그는 이유도 모른 채 연행되어 조사받고 풀려 나온 후 여러 차례 기자회견을 했고, 그때마다 그는 고문실에서 자행되고 있는 인권탄압의 실상을 가감 없이 소상히 밝혔다. 김상현에 의해 고문실의 실상이 알려지자, 피끓는 젊은 청춘들은 격분하기 시작했고, 시국은 일촉즉발의 혼돈의 상황으로 치닫고 한 치 앞도 예측할 수 없는 시계 제로 상태의 암흑천지로 변해갔다.

전대협 사무실이 경찰에 점령되고 성건을 비롯해 간부들은 모두 지하로 숨어들었다. 재야인사들도 구속되거나 가택연금에 들어갔다고 했다. 카메라 기자들은 진압현장을 담은 필름을 압수당하고 공안부 출입 기자들은 출입을 금지당하고 무차별 연행되어 구치소에 갇혔다.

혜란을 비롯해 진영, 서민주, 모두 몸을 떨었다. 화영은 성건의 연행 소식에 거의 정신이 나가 있었다. 전대협 사무실이 포위되고 간부들까지 은신에 들어가 버렸지만 위기상황을 느낀 중간 조직책들이 전국단위의 대규모시위를 준비한다고 했다.

한국법학원 정문 앞 알림판에 조간신문 특보가 스크랩되어 떠 있다. '서울대생 연행되어 조사받던 중 쇼크로 사망' 젊은 청춘들은 모두 눈을 의심했다. 기사의 내용이 잘 인식되지 않아 눈을 닦고 읽고 또 읽으면서 내용 파악을 했다.

"야! 박종철이 사망했대!" 누군가 소리쳤다. 그가 연행되어 가고 나흘만이었다. 전대협에서는 그의 석방을 위해 대규모 집회를 계획하고 있던 중에 사망 소식이 전해진 것이다. 게시판 앞에 운집해 있던 군중들은 일시에 술렁거리기 시작했고, 소식은 빠르게 신림동 일대에 퍼져나갔다. 곧이어 치안 본부 인사의 티브이 브리핑이 나왔다. '탁' 치니 '억' 하고 죽었다고 수사관의 한 줄 서술로 요약된 짧은 브리핑이었다. 누구도 믿지 않았다. 학생들은 사건 조작 은폐라며 더 흥분하기 시작했고, 격렬히 분노했다. 검은 먹구름이 몰려들고 시국은 한 치 앞도 예측할 수 없는 위태로운 칼날 대치로 치닫고 있었다.

봄은 아직 저만치 머무는데 성마른 산수유는 꽃망울 열어 그 음울한 대기 속으로 노란 색채를 띄운다. 서울대 정문 앞에 산수유가 유난히 많다. 수령이 꽤 오래된 듯 안정감 있게 가지를 뻗어 소담스럽게 꽃망울을 피워낸다. 지난겨울 그 한설과 산바람을 기어이 이겨낸 질긴 생명력이 경이롭기까지 하다.

사법고시 시험일이 며칠 남지 않았다. 이 무렵이면 신림동 녹두거리 마트 길이 지방에서 올라온 맹모들로 넘쳐난다. 어렸을 적부터 총명하고 똑똑해 가문의 기대와 어머니의 자긍심이 얹힌 자식, 그간 못 해준 뒷바라지를 벌충이라도 하려는 듯 보약을 달여서 가지고 오기도 하고 부적을 써서 행여나 그 영험한 기운이 사라지기라도 할라, 조심스럽게 노란 봉투에 담아 가방 깊숙이 넣어 오기도 했다.

어머니들의 말씨 역시 다양했다. 경상도, 전라도, 강원도, 충청도, 멀리 제주도까지… 혜란은 이때가 되면 어머니의 빈자리가 더욱 시리게 다가온다.

'엄마, 왜 그렇게 빨리 갔어.' 혜란은 설상가상 시험 날짜와 생리일이 겹칠 것 같아 무척이나 걱정이다. 혜란의 생리는 지독한 생리통과 함께 왔다. 이럴 때 엄마가 곁에 있었더라면… 빈자리로 남아있는 어머니는 사무치는 그리움이었고, 아쉬움으로 때로는 안타까움으로 되새김질되었다.

기억 속의 어머니는 늘 정갈한 모습이었다. 초여름이면 도림천 늪지에 피어나는 보라색 창포처럼, 혜란이 열세 살까지 함께한 기억들은 계기만 되면 언제든지 살아나서 슬로비디오 화면처럼 스쳐 갔다.

혜란은 뒤숭숭한 분위 속에서 도서관으로 향했다. 매캐한 최루탄 냄새가 바람결 따라 대기를 떠돈다. 저 멀리 관악산 정상에, 우주를 향해 말을 걸듯, 우뚝 솟은 별자리 관측 탑 꼭대기가 뿌연 매연 속에 잠겨 있다. 그 아래 거무튀튀해진 플래카드만 여전히 펄럭이고 있었다.

올라가는 길, 오른쪽 게시판에 새로운 대자보가 붙어 있었다. 맨 아래 하단에는 '서울지방검찰청 공안부' 직인이 선명했다. 발걸음을 옮겨 가까이 갔다. 성건에게 거액의 현상금이 붙어 지명 수배가 내려져 있었다.

혜란은 머리가 멍해졌다. 찬찬히 들여다보니 죄목이 불법시위 주동이었다. 누군가 변절자가 음해했거나, 아니면 유도신문에 이끌려 허위자백을 했거나, 성건도 화영도 시험 응시 접수는 해놨을 텐데, 화영도 이런 사실을 알고 있을까, 먹먹해진 가슴을 쓸어내리며 도서관을 향해 걸었다. 화영은 건이 수배받고 도피에 들어간 후로 신림동에 나타나지 않았다.

그 무렵 우리는 약속도 없이 자주 맥줏집에 들렀다. 신경을 이완해 주는데 맥주만 한 게 없었다. 약속하지 않아도 우연히 같은 시간대에 맥줏집에 나타나는 친구들, 우리는 그런 친구를 멘탈이 일치한다느니, 알코올 취향이 같다느니 의미를 부여하면서 더 친밀한 관계로 몰아가려 했다. 민욱과 진영, 민주, 진우, 나, 우리는 잠깐의 이완을 위해 거품 같은 맥주를 들이켰다.

"전쟁 중에 영웅이 보이듯, 위기에 처했을 때, 우정이건 사랑이건 그 진정성이 드러나는 법이야." 진우가 마음이 혼란스러운 듯 말했다. "그러게 이런 불안하고 초조한 상태에서 시험을 치른다고 한들 실력 발휘가 제대로 될까." 말을 받은 건 민욱이었다. "뭐 그럼 동맹결시라도 하자는 거야, 집에서 부모님이 알면 청천벽력이 날 게 뻔한데." 청춘들은 우정, 부모의 기대, 자신들의 앞날 사이에서 부유하고, 갈등하며, 착잡한 얼굴로 맥주잔을 기울인다. 어느 것도 유예할 수 없고 내려놓을 수 없는 젊음에게 부과되어 있는 미션들이었다. 마음이 복잡하고 뒤숭숭한 가운데 시험을 치를 수밖에 없었다.

헤게모니적 사상과 이념만이 난무하는 시대에 청춘들은 절망하고 아파하면서 젊음의 시기를 조용히 혹은 격돌하면서 지나가야 했다.

이른 아침부터 고시촌이 술렁거린다. 고시생들은 물론 신림동 사람들은 이날이 디데이다. 1년 중 방점을 찍는 날인 셈이다. 고시생들은 이날을 위해 1년 내내 도서관에서 학원에서, 장수가 칼날을 예리하게 벼리듯, 실력을 벼리어왔다.

법학원 앞에 응시생들을 고사장까지 태워다 줄 대형 버스가 죽 늘어서 있었다. 응시생들의 편의를 위하여 학원 측에서 차량 제공을 해주었다. 고사장 위치는 제각각이지만 일단 방향에 따라 승차했다가. 갈라지는 지점에서 내려 고사장까지는 각자 마을버스나 택시를 타고 가면 되니까, 다들 그렇게 했다.

혜란도 따뜻한 물과 김밥 도시락을 고시식당에서 지급 받고 버스에 올랐다. 버스 안에는 서둘러 나왔는데도 거의 빈자리가 없이 차 있었다. 모두 긴장한 탓인지 아는 친구끼리도 이날만큼은 눈인사만 가볍게 나눌 뿐, 누구도 말을 거는 사람은 없었다.

모두 과묵한 표정으로 창밖을 보거나 지그시 눈을 감고 있거나 했다. 빈자리를 찾고 있는데 맨 뒷자리에서 진우가 혜란을 먼저 보고는 손짓을 했다. 바라보니 마침 진우의 옆자리가 비어있었다. 혜란은 진우를 보자 왠지 모르게 가슴이 뛰기 시작했다. 마치 멈춰있던 기계가 작동을 시작한 것처럼, 옆자리로 다가가 앉았다. 가까이서 본 진우는 머리가 큰데다 이목구비가 선명해서 무척이나 시원스런 느낌이었다. 혹시 지금쯤 결혼을 전제로 사귀는 여자가 있을까, 느닷없이 혜란의 생각은 엉뚱한 데로 흘러가고 있었다. 혜란은 화들짝 놀라 지금 시험 치러 가는 길이지, 시험 외에 어떠한 생각도 오늘만큼은 잡념이었다. 현실을 직시하고 스스로에게 경각심을 일깨웠다.

팀원들은 시험이 끝나고도 서로를 격려하는 술자리 하나 마련하지 못했다. 전화기도 침묵을 지켰다. 걸려오는 전화도 없었고, 걸고 싶은 친구가 있어도 참아야 했다. 마음은 무척이나 무겁고 분위기는 뒤숭숭했다. 수사기관에서 신림동에 프락치들을 깔아났다는 첩보가 흉흉히 떠돌았다.

대학생들이 대규모 시위를 모의하고 있다는 정보가 이미 새어나가고 학교에 삼엄한 감시망이 깔려있다는 것을 알고 있었다. 불안한 시국에 유언비어까지 끼어들고 부풀려지기까지 해서 사람들의 불안은 최고조에 이른 것 같았다. 진실은 왜곡 속에 묻히고 유언비어만이 진실의 외피를 입고 활개를 쳤다.

혜란은 고향에 내려가 며칠 쉬다 올까 생각하면서 혼자서 가벼운 마음으로 산책을 나갔다. 전화기가 울린다. 역시 아버지의 전화다. "네에 아빠…"

"혜란아 시험은 잘 친 겨? 이번 시험을 어떻게 치렀는지 궁금해서 전화를 했다."

아버지의 궁금해하는 음성이 가슴으로 전해졌다. "아버지 이번 시험 그런대로 실력 발휘했어요. 걱정하

지 마세요." 혜란은 그렇게 아버지를 안심시켜도 될 것
같았다.

"응, 그랴. 네가 그렇단게, 내 기분이 좋아진다." 아
버지는 또 선하게 대답하신다. 혜란은 아버지에게 기대
해도 된다는 말을 하고 나니 마음이 깃털처럼 가벼워졌
다. "혜란아 넌 별일 없쟈?" 아버지는 전화를 끊으려다
말고 생각난 듯, 다시 얘기를 이어갔다. "텔레비전 보니
께 신림동 분위기가 흉흉하더구나, 잠시 집에 내려와 있
어, 잠잠해질 때 까정 말여." "네에, 아버지 걱정마세요.
데모에 신경 쓸 시간이 없어요." 혜란은 아버지를 안심시
키느라 거짓말을 조금 보탰다.

혜란이 방에 들어왔을 때, 진영이 짐을 꾸리고 있었
다. 무슨 일이냐고 묻기도 전에 진영은 준비하고 있었던
듯, 민욱 씨의 방으로 들어간다고 말했다. 민욱은 큰 원
룸을 혼자서 쓰고 있었는데, 같이 있자고 해서, 오늘 갑
자기 연락을 받고 결정된 일이라 미리 알리지 못해 미안
하다며 입으로 말하면서 손으로는 짐을 챙기고 있었다.

혜란은 혼자 남겨진다는 생각에 허전함이 밀려왔다.
남자친구 하나 만들 능력이 안 된다는 자괴감이 들기도

하고 표현하기 어려운 야릇한 기분에 젖어 그냥 멀뚱히 보고만 있었다. "혜란아, 고시준비의 무료함을 덜고 심리적 안정감을 누리면서 공부하고 싶어서 민욱 씨와 함께 있으려고 해." 진영의 얼굴엔 설렘과 기대가 고여 있었다. "그렇더라도 사전에 얘기는 있었어야지." 혜란은 부럽다는 말을 그렇게 꼬투리 잡는 식으로 표현하고 있었다. "그래서, 미안하다고 하잖니?" 진영은 더 이상 말꼬리 잡지 말라는 듯, 눈을 크게 키우면서 '미안해'라고 말했다.

진영이 떠나자 혜란은 진영과 함께 쓰던 원룸을 빼기로 했다. 무료하고 매너리즘에 빠지기 쉬운 고시공부를 남자친구와 함께하면서 심리적 안정을 찾겠다는 진영이 여운처럼 남기고 간 말이 혜란의 뇌리를 가끔 휘저어놓았다.

진영의 말은 듣기에 따라서는 자신처럼 따라 하기를 주문하는 것 같기도 했다. 하지만 진영의 말을 마음에 새길 필요는 없다고, 함께 살 남자친구도 없을뿐더러, 그건 진영의 생각일 뿐이고, 진영의 생각을 자신 삶에 대입할 필요는 없다고 스스로 열패감 같은 감정을 어루만지면서도 한편 부럽다는 생각이 순간순간 밀려왔다. 혜란은 진영이 빠져나간 원룸을, 순전히 돈 때문에, 혼자서 원룸비를 감당하기엔 벅찰 것 같아 방세가 저렴한 고시원으로 옮겼다.

관악산 중턱이 하루가 다르게 푸르러지고 있었다. 만개한 철쭉이 관악산을 뒤덮고 함께 즐길 상춘객을 부르지만 상춘객은 없었다.

혜란은 관악산 둘레길을 찾았다. 혜란은 마음으로 의지했던 진영마저 떠나가고, 어머니가 사무치게 그리워진다. 혼자서 관악산 산책길을 걸었다. 사람들의 발길이 뜸해져서인지 길이 호젓했다. 숲 터널을 이루고 있는 커다란 나무들 사이에서 참새, 까치, 그리고 눈동자까지 새까만 청설모가 반짝 모습을 드러냈다가 다시 숲 사이로 숨으며 낯선 인간들을 경계한다. 섭섭하다는 생각이 들었다. 참새들이 나뭇가지 사이를 오르내리며 짹, 째 짹 그들만의 소리를 낸다.

낮말은 새가 듣는다고? 옛 속담도 이제 틀리다. 새들의 낮말을 인간이 엿듣지나 않을까. 새소리, 바람소리, 개울물 흐르는 소리, 새들은 인간들의 낮말 따위에는 관심도 없어 보였다. 저희만의 무구한 언어로 무리를 부르며 우르르 나타났다 숨었다 인간들을 조롱하는 것 같았다. 인간들의 말 따위 들어봐야 별 수 있을까. 음모, 욕설, 비방, 잔혹한 윽박지름 따위, 사람들의 발길이 뜸해진 관악산을 모처럼 접수한 듯 새들은 분주했다. 나무 위를 날렵하게 기어오르는 청설모는 까만 털에 까만 눈동자로 인간들을 응시하다 후다닥 나무 우듬지로 올라간다. 희고 까만 연미복을 차려입은 까치는 이제 막 우거지기 시작한 잎사귀들 사이를 휘저으면서 날아오른다. 문득 자연의 주인은 인간이 아니라 숲지기 동물들이었을지도 모른다는 생각이 들었다. 지금까지 동물들의 영역을 침범했던 인간들이 물러간 사이 봄의 유희를 마음껏 즐기는 것은 그들이었다. 수험준비에 쫓겨 늘 시간을 분, 초 단위로 나누어 써왔던 혜란이 모처럼 가져 본 망중한이었고 그림자로 남아있는 어머니를 기억에서 불러내 보는 시간이었다.

1차 시험합격자 발표가 서서히 가까워지고 있었다. 혜란은 학원에서 해준 가채점 결과로는 예전 수준으로 비교했을 때, 커트 라인을 상회하는 점수가 나오긴 했다.

하지만 시험 결과든, 선거 결과든, 그 뚜껑을 열어봐야 안다는 말이 회자 되는 순간이다. 역시 합격자 발표가 나와 봐야 알 일이었다. 다른 스터디 친구들, 장진영, 허민욱, 남길현, 지동민, 서민주도 모두 걱정하지 않았다. 이제는 차분히 2차 준비를 위해 그동안 다소 누그려 뜨려졌던 마음의 고삐를 죄고 시간 관리에 들어갈 준비를 하고 있었다.

혜란은 학교도서관을 가기 위해 방을 나섰다. 멀리서도 서울대 정문 앞에 최루가스와 연기가 자욱한 게 보였다. 대 규모 시위를 준비한다더니 기어이 폭발했구나. 가까이 다가갈수록 최루가스는 맑은 관악의 하늘을 뒤덮고 관악산 철쭉의 분홍색깔도, 청룡산의 흰아카시아도 잿빛으로 변한 대기 안에서 처연하게 엎드려 있었다.

성난 시위대의 함성과 구호가 관악산이 떠나갈 듯했다. '군부독재 타도하자, 대통령 선출은 국민의 손으로!' '서울대생 사망 원인, 조작 은폐 그만둬라!' '진실을 밝혀라!' 손에는 구호가 적힌 피켓들이 들려있었다.

학생들의 필사 항전의 외침은 관악산에 되받쳐 메아리가 되고 아랫마을 신림동을 뒤흔들었다. 시위대의 요구는 당연한 것들이었다. 대통령을 헌법에 보장된 권리대로 국민의 손으로 뽑는 직선제, 더 이상 체육관에서 그들만의 투표로 나라의 지도자가 탄생되어지는 것을 더 이상 두고 볼 수 없다는 것이었고, 서울대 재학생 사망원인 조작됐다. 진실을 밝혀라는 것이 그들의 주장이었다.

각자 분담하는 역할에 따라 구호가 적힌 손피켓과 불붙은 화염병, 그리고 횃불처럼 활활 타고 있는 솜방망이를 앞세우고 가두시위에 나서려는 시위대 앞에 전경들을 태운 경찰차 수십 대가 줄지어 도로를 밀고 들어왔다. 마치 전쟁이 터진 것 같았다. 전경들은 곧바로 바리케이드를 설치해 시위대의 진로를 막았고, 분노한 시위대는 격렬히 저항했다. 들고 있던 손피켓과 불붙은 화염병을 공중으로 던지기 시작했다. 돌팔매가 콩 튀듯 쏟아졌다. 활활 타고 있는 횃불이 공중을 날다 땅에 떨어지면서 시위대건 진압대건 옮겨붙었고, 물대포가 하늘 높이 솟구쳐 분사되고 있었다. 진압대들은 물대포를 쏘아댔지만 화상자가 다수 발생했다. 이에 격분한 전경들은 방독면으로 무장한 채, 말벌 떼를 쫓는 연막탄 같은 시커먼 연기와 최루가스를 쏘아대고 곤봉과 각목들을 시위대를 향해 무차별 난타했다. 그 사이 시위대 중에서 진압군이 휘두르는 곤봉에 머리를 맞고 피를 흘리며 널브러지는 부상자가 여기저기 목격됐다. 필사적으로 버티던 시위대는 검은 매연 속에서 방향을 잃고 우왕좌왕하다 산발적으로 흩어졌다. 지나가는 사람들은 검은 대기 속으로 잠식되어 보이지 않고 자지러질 듯 콜록콜록 천식 기침만 해대는 장면이 목격됐다.

혜란도 숨이 막혀 질식할 것만 같은 위기를 느끼며 도망치듯 시위현장을 지나쳐 캠퍼스 안으로 뛰어갔다.

서울대 재학생의 죽음, 거기에 대해 사인을 조작하고 은폐하려는 정권 찬탈자들이 보낸 무장한 전경들과 젊은 패기와 정신력으로만 뭉친 성난 시위대는 맞서 싸웠으나 매번 사상자가 발생한 건 시위대 측이었다. 시위대 중에는 물대포를 맞고, 마치 시궁창을 헤집다 사람들의 발자국 소리에 놀라 달아난 생쥐 꼴이 되어 샛길로 밀려나 있었다.

전경들에 쫓겨 강제 해산된 시위현장은 참혹 그 자체였다. 흡사 격렬한 전투가 휩쓸고 간 전장 같았다. 검게 그을린 화염병이 주검처럼 널브러져 뒹굴고, 타다만 솜방망이, 뒤집어진 운동화 한 짝, 렌즈 한 알이 빠져버린

외 알 안경, 경찰이 휘두르는 곤봉에 머리가 깨진 시위대의 것으로 보이는 피 묻은 옷가지 등 현장을 접수한 듯, 찢어지고 뜯긴 바리케이드 너머에서 무장한 경찰이 지나가는 행인들을 하나하나 훑듯이 살기등등한 시선으로 살피고 있었다.

시위는 전국에서 걷잡을 수 없이 격렬하게 불타올랐다. 6월 내내 시위가 이어지고 부상자가 속출했다. 부상자 중에는 전투경찰도 다수 포함되어 있었다. 시위대와 진압경찰 모두 이 땅의 앳된 젊은이들이었다.

진압 부대 쪽 전경은 어깨에 깁스를 했는가 하면 시위 가담자는 머리를 붕대로 둘둘 묶고 나란히 같은 병상에 누워, 이 혼돈의 시국이 더 이상 젊은 피를 요구하지 말고 어서 종료되고, 전경도 시위가담자도 상아탑으로 돌아가기를 염원했다. 누구를 위하여 창과 방패를 들고 대치했는가. 야수 같은 권력놀음에 무고한 젊은이들은 지쳐갔다. 누가 이 땅에 피어날 민주화의 꽃을 꺾었는가. 민주주의의 봄은 수많은 젊은 피를 삼키고도 쉽게 다가오지 않았다.

학내는 휴강 조치가 내려지고 학생들은 학습권이 박탈

되고 민주화 요구의 소용돌이 속으로 휩쓸려갔다.

도서관 역시 다르지 않았다. 면학 분위기는 시위 속으로 잠식되어버리고 불안한 기류가 떠도는 가운데 하루를 보내고 혜란은 도서관을 나왔다.

해는 산등성이 뒤로 사라지고 역광이 만든 산 그림자가 서서히 내려오고 있었다. 위쪽으로 발길을 돌려 정상 가까이까지 올라가 보았다. 정상에서 불어오는 바람이 정문 쪽을 향해 내달리고 있었다. 상큼하고 숨이 트였다.

인적이 없고 적막했다. 덩그러니 학교건물들만 어둑해지는 땅거미 속에 공룡처럼 서 있었다. 주로 공학관 건물들이었다. 다시 발길을 돌리려다 우연히 눈길이 닿게 된 포스터, 공대 공학관 302호 강의동 벽면에 붙어 있는 포스터였다.

혜란은 포스터, 가까이 다가가 살펴보았다. 온몸이 오싹했다. 학생이 전경의 군홧발에 밟혀 눈알이 튀어나온 수채화 포스터였다. 학생은 서서히 절명되어가고 밟고 서 있는 전경은 성취감에 취한 미소를 흘리고 있는 포스터 그림이었다. 일 계급 특진이거나 조기 전역이 포상으로 주어질지 알 수 없는 묘한 웃음이었다.

혜란은 시대의 살기에 진저리가 쳐졌다. 위정자에 세뇌되어 젊은 이성은 마비되어 지는가, 동시대를 살아가는 젊은 청춘들이지만 전경과 학생 시위대로 나뉘어 칼날처럼 날카롭게 각을 세우고 대치하고 있는 상황을 묘사하고 있는 포스터였다.

이 상황을 만든 자가 도대체 누구란 말인가. 무엇이 그들을 창과 방패로 나누어 의미 없는 전쟁놀이를 하게 하는가. 혜란은 발길을 돌리며 씁쓸한 감정을 삼켰다. 갑자기 무섬증이 엄습해 달음질을 치기 시작했다. 태양이 완전히 사라진 캠퍼스 산책길에 죽 늘어서있던 키다리 가로등에 불이 하나둘 켜지고 있었다.

경영대 앞까지 달려 내려왔다. 더운 바람이 턱밑까지 따라와 열기를 보탠다. 볼이 화끈거렸다. 곳곳에 설치되어있는 주인 잃은 긴 나무 의자에 가로등 불빛만 내리비춘다. 이 의자에 학생들이 앉았던 적이 언제였던지 먼지가 뿌옇게 내려 앉아있다. 혜란은 털썩 엉덩이를 내려 앉혔다. 간간이 벤치 앞을 지나가는 학생들이 보였다. 빠른 걸음으로 늦은 귀가를 서두르는 지방 학생들 같았다. 저 건너편에 게시판이 보였다. 혜란은 자리에서 일어나 게시판 가까이 다가가 가 보았다. 대자보에는 학내에 프락

치들이 깔려있다는 내용이었다.

캠퍼스 분위기가 유령처럼 가공스럽게 다가오고 등골
에서 한기가 쏴 퍼져 나가는 것 같았다. 혜란은 공포를
떨쳐내려고 마구 달렸다. 가로등 불빛에 나타난 그림자
가 발밑에서 따라왔다.

정문 앞에 닿을 때쯤 땅거미가 대지를 덮고 시위현장
은 전장처럼 널브러진 채 불빛에 드러나 보였다. 교정을
진압 경찰대가 접수한 듯, 화염에 거뭇거뭇 그슬린 바리
케이드 너머에서 무장한 경찰 둘이 서 있었다.

우리 팀원들은 다시 맥줏집으로 집합했다. 진우가 소
집했다. "건이, 어제 시위현장에서 연행됐다." 진우의 표
정은 어두웠다. "크하, 어쩌자고 수배 받고 있는 놈이 또
참가한 거야, 잠자코 엎드려 있으면 최루가스 흡입은 안
해도 될 텐데, 그 자식 완전 간이 배밖에 나왔구만." 길
현은 무거운 주제도 가볍게 대처하는 능력이 있었다. 그
것도 분명 남다를 능력이었다. "그리고 연세대 시위현장
에서는 최루탄을 맞고 쓰러졌던 이한열이 병원으로 이송
되었는데 아직까지 의식이 회복되지 않고 있대." 진우의
목소리가 떨렸다. "시위하다 사망하면 유공자로 지정되

는 거야." 길현이 장난스럽게 또 물었다. 그는 언제나 심각한 주제도 가볍게 농담처럼 받아낸다. "체재에 저항했다고, 데모했다고 유공자!" 동민이 입꼬리를 살짝 비틀면서 대꾸했다. 동민다운 모습이었다. 그는 농담도 진담으로 여기는 샌님이었다.

신림동 고시촌은 각양각색의 성향을 가진 인간들이 다 집합하는 곳이었다. "일단은, 법대로 처리가 된다고 봐야지." 논리 정연한 민욱의 대답이었다. "그럼 우리가 건을 도울 방법이 있을지 구치소 면회가 가능할까." 진영이 연인 관계인 민욱을 바라보며 말했다. "아, 그 자식 아버지가 법조계 유력인사잖소! 아 요즘 세상 백그라운드 있는 놈들이야 무슨 걱정." 빈정거리듯, 삐딱하게 말하는 사람은 역시 동민이었다. 친구들은 일제히 고개를 돌려 동민을 바라보았다. "아무래도 아버지의 후광을 전혀 배제시키지는 못하겠지요." 동민이 진우의 눈치를 흘끔거리면서 동의적 내용의 말이긴 해도 다소 누그러진 듯한, 어투로 말했다. "그러면 함께 연행된 놈들은 어떻게 되는 거지요?" 길현이 동민에게 시선을 꽂으며 말했다. "아, 다른 놈들이야말로 법대로 처리가 되겠지만, 사실대로 말해서 건 같이 여의주 물고 태어난 용이 민주주의건, 반독재건 현 시국에 저항하는 데모에 가담한 것 자체가 사치지 않나요?" 동민은 여전히 건에 대한 반목을 거두지 않았다.

성건이 법조계 유명인사의 아들인 건 사실이지만, 한사코 아버지의 후광을 벗어나 스스로의 길을 걸어가려는 그는 정의를 수호하려는 원칙주의자였다.

맥락 없이 어지러운 상황 속에 뜻하지 않는 걱정거리들이 생겨나고 혼돈과 불안이 계속되고 있었다. 집단청춘들이 마주한 시간은 비루하고 난망했다. 그들의 꿈은 부유했고 미래는 예측할 수 없는 안개 속이었다.

이번에 연행되어 간 연행자 중에는 전대협 간부들이 다수 끼어있었다. 성건을 비롯해 전대협을 이끌어가는 책임감이 실려 있는 학생들이었다. 사실상 전대협은 이중삼중의 감시망 안에 둘러싸여 있었고, 어쩌면 회생불가의 해체 위기를 맞고 있는지도 모를 일이다. 우리는 잠시 그들을 내려놓아야했다. 2차 시험이 코앞이었다.

이데올로기나 정치적 대립 같은 추상적 이념은 잠시 머리에서 털어내야 했다. 그 자리에 차가운 법률용어나

법 조항들에 집중해야 했다. 일상의 감각은 밥 먹고 잠자는 지극히 본능적인 것 외에는 차라리 무디어질 수밖에 없었다. 현실을 넘어 개념의 변증법적인 사고의 틀 속으로 모두 침잠해 들어갔다. 다른 방도가 없었다.

스터디 수업은 성건과 화영이 빠진 가운데 불안하게나마 이어지고 있었다. 멤버는 마지막 관문을 향해 매진할 수밖에 없었다. 혼돈스러운 시국의 상황을 의식하면서도 또 다른 자신들의 문제에 집중할 수밖에 없었다.

우리는 1차 합격 발표를 기다리며 2차 준비에 숨죽이며 몰입하고 있었다.

혜란은 약속 장소로 갔다. 진우가 연수원 입소 대비반 강의를 맡았다면서 술을 사겠다고 했다. 진우는 가끔 그렇게 스터디 친구들을 불러내 술을 사주었다. 책과 씨름하는 밋밋한 일상에 특별한 의미를 주는 데에는 맥주가 주효했다. 문을 열고 들어갔다. 진우만 멀뚱히 앉아서 기다리고 있었다. "다른 친구는?" 혜란은 '혹시 나만 특별히 불러낸 거였나.' 생각하면서 확인 차 물었다.

진우의 대답도 듣기 전, 가슴이 뛰기 시작했다.

어쩌면 진우하고 만의 이런 은밀한 만남을 기다려왔는

지도 모른다. 탁자 위에는 학원 강의가 녹음된 엠피쓰리가 틀어져 있었다. 진우가 고개를 돌려 혜란을 바라보면서 "응, 너만. 너하고만 시간을 갖고 싶었어." 진우의 표정이 밝아보였다. 혜란도 웃음으로 인사를 대신하고 탁자를 사이에 두고 마주 앉았다. 둘이서만 이렇게 마주하기는 처음이었지만, 이전에 팀원들이랑 스터디할 때도 진우의 시선이 늘 혜란에게 머물렀다. 진영도 감을 잡았는지, 스터디 마치고 오는 길에 "얘, 혜란아 박진우가 너한테 관심 있는 거 아니야?" "뭐 그럴까." 시치미를 뗐지만, 혜란은 얼굴이 달아올라 "진영아 잘 가." 진영을 빨리 따돌리고 싶었다.

이제 진우와는 서로의 얼굴 표정에 담긴 의미나 침묵에 깔린 의미까지도 해득하는데 어려움을 느끼지 않을 만큼 익숙해져 있었다. 간직하고 있었던 꿈만큼 이상적인 상대라는 자기 검열에서 진우는 정확하게 부합했다. 진우와 헤어져도 떨어진 물리적 거리만큼 마음은 멀어지지 않을 것 같았다.

'진우 씨, 나를 특별한 감정으로 대하고 있는 거야, 가슴 속에서 용솟음치고 있는 말, 그런데 왜 묻지 못할까.' 진우의 표정 하나 행동거지 하나에도 의미를 부여하고 마음은 천국과 지옥을 오르내리고 있었다. 오늘은 꼭 진우가 고백을 해주었으면. '혜란아. 우리 사귀자.' 상상은 수많은 가정과 현실 사이를 오가면서 진우의 표정에 집중했다.

진우의 젊은 에너지로 빛을 발하는 눈빛, 살갗을 헤집고 틈입해 들어오는 양털 같은 감촉, 혼자만의 감상은 아니겠지.

진우가 잠시 머뭇대다 말을 했다. "혜란아 나, 너 좋아해." 표현은 절제되었지만 담긴 의사는 분명했다. 진우가 말을 해놓고 얼굴이 조금 붉어졌다.

얼마나 기다렸던 말인가, 혜란은 무슨 말로 어떻게 대답해야할지 몰라, 바보처럼 헤벌쭉 웃고 말았다. 정말 바보같이… 그리고 잠시 시선을 내렸다. 대답을 기다리듯, 자신의 얼굴에 머물러 있는 진우의 시선이 가슴 벅차올라 숨을 쉴 수가 없었다. 잠깐의 쉼표가 필요했다.

"진우 씨, 난 이미 너의 빛깔에 물들어있었어." 잠시 뒤 고개를 들고 말했다. 그리고 또 웃었다. 이번에는 유치해서…

"눈앞에서 사라지고 나면 환영으로 더욱 또렷하게 떠오르고."

혜란도, 진우의 마음이 확인되는 순간, 확신이 생겨서 자신의 감정을 숨김없이 말하고 싶어졌다.

"하핫, 아주 멋진 표현이야. 너와 나 같은 빛깔로 물들었다는 말. 헤어지고 나면 의식에서 더 또렷이 되살아나고, 그랬어, 아, 그게 연애감정이고, 사랑이라는 거야." 진우는 혜란의 주저리주저리 하는 말을 정리해 주었다.

"아하, 사랑은 자신도 모르는 사이에 빠져드는 것." 이번에는 혜란이 받았다. 그리고 서로 마주보며 웃었다.

사랑에 빠진 두 남녀는 쑥스러워서, 행복해서… 웃고 웃었다.

사랑의 신 '큐피트'는 네 살짜리 철없는 아이의 모습을 하고 손에는 화살을 쥐고 있어 누군가 그 화살에 심장을 맞기만 하면 아이처럼 철없이 행복해진다고 했지.

이쯤에서 서로 말도 깠다. 반말로 응대했다. 사랑해서, 친밀해서 연인처럼 말하고 싶어져서. 그리고 둘은 거침없이 술을 들이켰다.

혜란은 그날 술을 많이 마셨다. 마음의 경계도 현실의 벽도 스스로 허물어버리고 진우가 권하는 대로 혜란은 잔을 비웠다. 대화는 침묵 속에 묻혔지만 마음은 강렬하게 서로의 심장을 관통했다. 발갛게 취기 오른 얼굴

만큼이나, 행복감으로 달구어진 마음으로 둘은 맥줏집을 나왔다.

혜란은 진우와 헤어져 도림천변 산책로를 혼자서 걸었다. 이 감동과 흥분을 안고 초라한 고시원 방에 틀어박히고 싶지 않았다. 사랑을 얻은 이 순간이 생애 최고의 순간, 고시도 법전도 이 순간만은 다 내려놓고, 행복감에 맘껏 취하고 싶었다.

산책로는 줄지어 늘어선 가로등 빛 아래 빨간 아스콘으로 구분해 놓은 인도와 자전거길이 선명했다. 돌 틈 사이에 수생식물들의 잎이 무성하게 우거져있었다. 창포는 이미 꽃이 진 자리에 단단한 씨앗 주머니가 도드라져 보였다.

혜란은 방금 전 들었던 "혜란아, 나, 너 좋아해." "우린 이미 같은 빛깔로 물들어 버렸어." 진우와 주고받은 달콤한 말들이 사라져 버릴 것만 같은 조바심에 자꾸 머릿속에서 불러내어 확인해본다. "혜란아, 우리 이런 감정, 사랑 맞지…." 되새길수록 단맛이 짙게 스미어지는 것 같다.

진우와 함께 보냈던 순간들을 리뷰로 돌려보듯 머릿속으로 되돌려 내면서 천변을 천천히 걸었다. 혜란의 마음

공간에 진우가 이미 들어와 채워져 있었다. 일상의 지루함도 시험에의 매너리즘도 사라져버렸다. 사랑은 묘약인가, 만병통치약인가, 사랑의 힘은 수만 개의 세포들을 깨워 신선한 에너지를 솟아나게 하는가.

혜란의 발자국 소리에 천변, 우거진 풀숲에서 길고양이 두 마리가 튀어나와 쏜살같이 같은 방향으로 달아난다. 아, 쟤네들이 거기서 뭐하고 있었지, 괜히 미안해진다. 언젠가 보았던 영화 '라이안의 처녀'가 떠올렸다. 사랑하는 남녀가 메밀꽃이 하얗게 피어있는 메밀밭에서 사랑을 나누는 장면, 휘영청 밝은 보름달은 머리 위에서 비추는데, 아름다운 그 한 컷이, 지금 이 순간 데자뷔 되는 까닭은 왜일까, 마음속에 충만해진 행복감은 아름다웠던 기억을 불러내고 더 확장 시키는가…

혜란의 주머니 안에서 전화기가 울린다. 역시 아버지였다. "네, 아버지. 바빠서 전화 못 드렸어요." "안다. 그런디 혜란아, 저번께 치뤘던 시험 말이다. 발표 아직 안 난 겨." "네에, 아직 발표 안 났어요." "그럼 언제 난디야." "곧 날 거예요, 아버지. 요즘은 건강은 어떠세요." "나야 뭐 맨날 그렷제, 집에랑 댕겨가고 그리야." "네에,

아버지." "그럼 끊는다." 혜란은 아버지의 전화 목소리에 술기운도 진우의 환영도, 영화의 에로틱한 장면도 확 달아나버린 것 같다.

그 자리에 아버지의 주름진 얼굴, 동그랗게 휘어진 등이 고여 든다. 혜란을 또 강박 속으로 밀어 넣는다. 다시금 고시 공부를 떠올리고 법전을 되새기고 가슴에서 불안이 출렁인다. 이제 자신에게 집중해야 할 나이임에도 아버지는 혜란을 내려놓지 못하는 것 같았다.

한동안 소식이 뜸했던 화영이 스터디 반에 찾아왔다. 건에게 수배령이 내려진 후로 화영은 신림동에 나타나지 않았다. 아무래도 건 오빠와의 교제를 어머니가 눈치 챈 것 같고 더군다나 운동권에 몸담고 있는 남자라는 것까지 알고 몹시 께름칙해한다고 얼굴에 근심을 담았다.

건 오빠가 지금 어디 있는지, 건에게 내려졌던 수배령이 해제되었는지, 화영은 건에게 수배가 내려졌고 지금도 도피 중일 거라고 생각하고 있는 것 같았다.

건이 시위현장에서 연행된 사실을 말해주어야 할지, 서로 눈빛만 교환하고 있었다. 다들 마음이 편치 않았다.

"그저 화영 씨가 너무 걱정하는 것 같아 말하는데요.

건이 수배 중에 또 시위에 가담했다가 붙잡혀 갔어요. 그
것도 아주 주동자급으로." 동민이었다. 순간 모두들 눈
을 동그랗게 뜨고 동민을 바라보았다.

"어허, 그럼 어떡해! 오빠가 경찰에 붙잡혀갔다고!"

화영은 그 자리에 힘없이 주저앉고 말았다. 역시 걱
정했던 대로라며 "연행되면 조사부터 시작하고 그네들
의 요구대로 순순히 불지 않으면 고문이 가해진다던데."
화영의 입에서 대뜸 고문이라는 말이 튀어나왔다. 그만
큼 학생들 사이에서 '고문'은 흔하게 쓰이는 일상어가 되
었다.

"어느 간 큰 공안 수사관놈이 건에게 고문을 하겠어,
특별대우 받고 잘 있을 거야, 너무 걱정하지 마시오. 화
영 씨." 동민의 말은 듣기에 따라서는 위안도 되는 말이
었다. 정말 그럴지도 몰라 누가 법조계 유력인사의 아들
에게 고문질을 할까, 걱정과 안심은 반반이었다. 그 점
이 오히려 전대협에 발목 잡힌 이유가 되었겠지만. 성건
역시 그런 시대의 부름을 외면하지 못했고. 동료들이 겪
는 고난과 시련을 그냥 지나쳐 버릴 만큼 비겁하지 않았
다. 화영은 하얗게 질린 얼굴로 거칠게 문을 열고 뛰쳐
나갔다.

저녁 뉴스 시간에 박종철의 사망 원인이 조작되었다는 보도와 함께 고문에 가담했던 공안 수사관들이 줄줄이 굴비처럼 엮여서 실려 가는 모습이 티브이 화면에 나왔다. '탁' 치니 '억' 하고 죽은 심장쇼크사가 아닌 물고문으로 인한 경부압박에 의한 질식사.' 후련함은 잠깐이었다. 차라리 우울했다.

전화기가 울렸다. 진우였다. 순간 마음이 놓였다. 진우의 존재는 그 자체만으로도 혜란에게 불안을 잠재워 주었다. "혜란아, 뉴스 봤니" "응 봤어." "이제 시작이야, 의혹투성이 사건들 해결될 때까지, 멈출 수 없어." 그리고 쫓기듯 황급히 전화를 끊었다. '이제 시작이야' 그의 결의에 찬 멘트는 강렬함으로 긴 여운을 달고 혜란의 귓가에서 사라지지 않았다.

도움을 요청하는 전대협의 요구를 거절하기 어려운 모양일까, 더군다나 성건을 볼모로 잡고 전해오는 전쟁 상황 같은 시위 판세는 숨을 조여 오는 순간이었을 테니, 혜란은 갑자기 진우가 걱정되었다.

시국은 또 다른 양상을 띠고, 앞을 내다볼 수 없는 혼돈 속으로 젊은 청년들은 떠밀려 들어갔다. 어제 발표된

서울대 재학생 사망 사건이 조작되고 은폐되었다는 것이
백일하에 드러나자 민중의 깊은 불신과 저항은 더 치열한
시위를 예고하고 재학생이건 고시생이건 할 것 없이, 분
노한 청춘들은 거리로 뛰쳐나올 준비를 갖추어 놓고 잠복
에 들어갔다.

도서관 문을 막 나서려는데 진우에게서 전화가 걸려왔
다. 혜란은 진우 전화번호 숫자를 보면 설렘과 걱정이 교
차했다.

"혜란아, 합격자 명단 입수했어." 전화를 받자 진우의
목소리였다.

"우리 팀 일단 응시자는 전원 합격! 민욱, 장진영, 서
민주, 남길현, 너, 나."

혜란은 그토록 간직해 왔던 검사에의 꿈에 한 걸음 더
다가선 것 같은 성급한 기분이 들었다. 주름진 얼굴에 함
박웃음을 가득 담을 아버지의 얼굴이 먼저 떠올랐다.

"느티나무로 올래?" 진우가 혜란을 커피숍으로 나오라
고 했다. "느티나무? 그래, 갈게." '느티나무 자하연' 커
피숍은 학교 안에 있었다. 혜란이 있는 도서관에서 조금
만 올라가면 닿을 거리였다.

혜란도 가슴 벅찬, 이 기쁨을 진우와 함께 라면 금상 첨화지, 합격자 발표가 나면 희비가 극명하게 엇갈리고 뒷이야기들이 무성했다.

진우가 먼저 정보를 입수해서 전해 준 합격 소식, 진우는 혜란에게 위너 같은 존재였다. 사랑과 존경과 가까이 두고 싶은 인생의 멘토, 진우는 행운처럼 구세주처럼 다가온 사람. 그러나 진우 앞에서 교태를 부리듯, 흐느적거리면서 코맹맹이 소리를 내는 여자들, 혜란은 별안간 진우 주위를 안개처럼 감싸고 맴도는 그들의 존재가 불안하게 떠오른다. 그 중 서민주의 눈빛도 마음에 걸리고… 왜, 이 순간 민주의 눈빛이 그려지는지, 민주는 오래 전 사귀던 남자친구와 헤어진 후, 태연한 척하지만 심한 우울을 겪는 것이 보였다. 누군가 붙잡아 줄 등대를 기다리면서 난파선처럼 표류하고 있는 것 같았다. 화영도 성건 문제로 의논한다면서 진우를 자주 찾았고. '진우오빠, 진우오빠' 하면서… 혜란은 불현듯, 진우를 오롯이 차지하기 위해서는 모두 물리쳐야 할 경쟁자라고 생각되었다. 진우의 사랑을 얻었다고 생각한 순간부터 놓칠까 하는 불안이 배태되었다. 하지만 걱정할 것 없어, 사랑도 얻었고

1차도 붙었다. 이 사랑 영원히 지켜 가면 돼, 진우의 마음을 절대 놓치지 않을 거야! 혜란은 자신감에 들떠 카페 문을 밀고 들어갔다. 시원한 바람이 얼굴로 몰려든다. 달뜬 얼굴에 와 닿은 바람이 상큼하게 느껴졌다.

커피숍 안은 벌써 에어컨을 켜 놓았다. 낮 동안 북적거리던 분위기와는 다르게 학생들이 많이 빠져나가서인지 쾌적했다. 진우가 저만치 노트북 화면을 들여다보고 있는 게 보였다. 진우는 늘 자투리 시간도 허투루 보내지 않았다. 혜란이 조용히 다가가 컴퓨터 화면에 고개를 박고 있는 진우의 어깨를 건드리자 진우는 고개를 들고 혜란을 바라보며 웃었다. 혜란이 마주 보며 앉았다.

"이번 1차에 우리 팀원들 모두 합격해서 참 다행이야, 진우 씨." 혜란이 먼저 덕담으로 입을 열었다. 진우는 혜란을 한참 바라보다 "그런데 참, 동민이 빠졌어." 진우는 다소 어두운 표정으로 말했다. "동민 씨, 그럼 어떡해?" "동민은 취직자리 알아보는 게 답일 것 같은데, 사실 고시가 인생의 전부는 아니잖아, 동민은 고시만 포기하면 아무 문제없고 행복한 사람인데. 아내도 있지, 아들도 있지, 우리가 가지지 못한 것들을 그는 이미 가졌잖아. 우리보다 훨씬 성공한 사람이지, 하하." 진우는 유쾌하게

웃었다. 진우의 웃는 소리에 저만치 떨어진 자리에 있는
학생이 흘끔 쳐다보았다. 진우는 멋쩍은 듯 소리를 낮추
어 말하기 시작했다.

　"1차 합격은 사실 서울대 법대생들에게는 오프닝 게임
같은 것이지, 일종의 두뇌 회전시키는 거야." 진우의 말
에 혜란은 1차 합격으로 뛸 듯이 기뻐했던 자신이 머쓱해
졌다. "학교에서 자주 보았던 기말고사 수준이잖아. 2차
가 문제지 2차의 벽을 넘지 못하고 중도 하차하는 사람이
많다는 사실, 이제부터 시작이라는 마음으로 확실하게
준비해." 진우는 어느덧 혜란에게 멘토처럼 훈수까지 두
고 있었다.

　혜란은 이상하게 진우의 훈수에 기분이 좋아졌다. 사
랑의 사도처럼 나타나서 수험 멘토의 역할까지…. 좋은
미래로 인도하는 길라잡이 같았다. 지난번에 했던 진우
의 말이 퍼뜩 스친다. 혜란아, 우리 사랑하는 거 맞지?
그래 맞아 진우야, 우리는 분화되기 전 하나였을지도, 그
러다 남과 여로 분화되었고 그래서 우리는 서로 그리워하
며 찾았던 반쪽일지도 몰라. 혜란은 진우와의 만남이 우
연을 넘어 필연으로 자리 잡히기를… 진우는 분명 혜란을
태우고 유토피아로 가는 황금 마차일 것이다. 남자친구

와 함께 살면서 심리적 안정상태에서 서로 부족한 부분을 채워주면서 공부하기 위해 민욱의 방으로 들어간다던, 진영의 말이 떠올랐다.

혜란도 진우와 함께 원룸에서 산다면 옆에서 같이 자고, 함께 일어나 모닝커피 한 잔과 토스트로 아침을 대신하고 진우와 나란히 도서관으로 학원으로 걸어가는 모습을 상상으로 키워가고 있었다. 인간은 이성적 상대를 통해서 저마다의 꿈을 강화시키고 실현하고자 하는가, 혜란이 가끔 진우의 생각으로 행복해지면 자신에게 던지는 질문이었다.

"그나저나 건 씨가 걱정되긴 해." 혜란은 건이 별일 없이 석방되어 나와서 화영과의 사랑을 이어갔으면 하는 속마음이 그렇게 건을 걱정하는 모양새로 외피를 입고 표출되었다.

진우가 눈을 크게 뜨고 바라보았다. 혜란의 맥락을 이탈한 것 같은 말이 생뚱스러운지, 의도를 모르겠다는 탐정 같은 표정으로… "우리가 면회라도 가봐야 하는 거 아니야." "면회! 지금은 정보 캐내려고 수사관놈들이 혈안이 되어있을 건데. 면회를 어디로 가나?" 진우는 성건에 대해 걱정하면서도 건이라면 잘 대처하고 있을 거라며

"혜란아 그 '메기효과'라는 게 있잖아, 노르웨이 속담인데." "응, 알아." 메기효과… 실은 처음 듣는 말이었다. 진우는 '메기효과'를 꺼내 설명하며 사람은 위기상황에 직면하면 살아남기 위해 최대한으로 내재되어 있는 잠재력이 발휘된다고 말해주었다. 건이라면 충분히 그럴 사람이지, 거기다 본인은 한사코 거부하지만 아버지의 후광효과도 알게 모르게 작용이 될 거고, 진우는 사실 활동무대가 넓어 많은 정보를 수집할 수 있는 위치에 있었다.

혜란은 그의 얼굴에서 배어 나오는 자신감을 보면서 자신도 감염된 듯 따라 기분이 상승했다. 곁에 두고 보아 저절로 기분이 좋아지는 연인이란 바로 이런 것이구나, 함께 공부하고 함께 시국을 토론하는 같은 시대적 상황에 들어있고 같은 목표를 향해 걸어가는 동행자이면서 길라잡이 같은 사람, 바로 눈앞에 있는 진우였다. 진우는 언제, 어디서 보아도 매력적인 남자였다. 혜란은 문득 두려운 생각이 뇌리를 스쳤다.

진우에게 흠뻑 빠져있는 자신을 느끼고 있었다. 그것은 두려움이었다. 진우의 마음을 확실하게 붙잡아 둘 수 없을까, 사랑의 평행이론 같은 것… 불안했다. 진우에게 빠져들수록 불안감도 함께 커가는 것 같았다. 자신은 진우에게 흠뻑 빠져있는데, 혹여 진우와 동등한 지위를 얻지 못한다면, 그것은 상처로 끝나 버릴 수도 있을 테니까, 더구나 그의 주변에 몰려 있는 여자들을 물리치고 끝까지 진우의 심장에 요지부동한 자신만의 큐피트의 화살을 꽂을 수 있을까, 온통 생각이 거기에 맴돌고 있었다.

혜란은 진우와 마주 앉아 얘기를 나누는 도중에 화젯거리의 빈곤함을 스스로 자인했다. 진우가 얘기를 많이 했고 혜란은 주로 듣기만 했다. 진우는 고시 말고도 사회 전반에 걸쳐 해박했다. 특히 시국 문제에 대해서는 시사평론가 수준이었다. 거기에 비해 혜란은 들을 기회도 제한적이었고 따라서 상상력도 빈곤했다.

마침 며칠 전 학교 공과대 302 강의동 앞에서 보았던 그 끔찍한 수채화 그림 포스터가 떠올랐다. "학교 안에 중앙정보부에서 심어 놓은 프락치가 있는 거야? 문리대 강문호⋯." "쉿, 어디서 누구에게 들었지?" 진우는 혜란에게 주의를 준 뒤 창밖으로 시선을 던졌다. 진우도 그 루머를 알고 있었던 것 같았다. 혜란은 머쓱해져서 입을 다물고 침묵을 지켰다. "혼돈의 시대일수록 유언비어들이 활개를 치지, 왜 역사에서도 배웠잖아, 민심이 떠난 권력은 생성되어지는 유언비어들 때문에 결국 무너진다고."

혜란은 아무런 대꾸도 하지 못했다. 자신의 지식의 한계만을 느끼고 있었다.

"문리대 강문호가 프락치라는 소문이 떠도는 모양인데, 냉철하고 강인한 성격일 뿐… 프락치라는 소문은 그의 아버지가 공안검사라는 이유를 들어 그럴싸하게 날조된 유언비어일 거야, 아하~ 우린 너나 할 것 없이 빛나는 이 청춘기에 시국의 소용돌이와 맞닥뜨려야 하는 불운한 세대들이야." 진우가 신음처럼 내뱉었다.

그가 프락치라는 소문은 음해성, 가당치도 않았다. 어두운 곳에서 싹트는 독버섯처럼 유언비어는 암실에서 수없이 제조되고 혼돈을 가중시키고 있었다.

그를 혜란도 몇 번 본 적이 있었다. 진우와는 가까이 지내는 친구인 것 같았다. 그 강문호의 아버지가 공안검사라는 이유밖에 다른 정보는 없었다. 진우는 혼돈 속에서 우정과 신뢰마저 전략으로 이용하려 드는 치들을 겪으며 헛헛한 표정을 지었다. 긴박한 상황에서 우정과 신의를 지키려 몸부림쳤고 그럴수록 독재의 앞잡이들은 젊은 청춘들의 생존과 존망을 위협해왔다. 진실은 페르소나 뒤로 숨었다.

기만과 음모 비열한 공작이 학문 연구의 근거지인 상아탑의 분위기를 지배하고 있는 현실 앞에 상아탑의 주인공들은 설 자리를 잃고 변방으로 밀려 칩거할 수밖에 없었다.

사실 생각해보면 시위대의 요구는 지극히 당연한 것이었다. '대통령 직선제' 더 이상 체육관에서 그들만의 참여로 어느 날 대중 앞에 나서는 지도자를 더 이상 보고만 있을 수 없다는 것이었다. 어쩌면 당연히 누려야 할 국민의 몫인 것들을 총칼의 위력으로 찬탈해간 자유와 민주를 되찾기 위하여 이토록 목숨을 걸고 싸워야 한다는 것이 이 시대에 청춘기를 관통하는 세대들의 슬픈 자화상이라는 현실이 그들을 더 울분하게 했다.

그때 검은 물체 하나가 저 멀리에서부터 움직이며 다가오고 있는 것이 보였다. 점점 가까워지자 검은 실루엣 사내였다. "또 저 사내!" 요즘 들어 더 자주 눈에 띄는 사내였다. 진우도 혜란 따라 고개를 돌려 창밖을 바라보았다.

"진우야, 저 남자애 좀 봐." 혜란은 볼 때마다 심장이 오그라드는 걸 느꼈다. 검은 사내는 더운 날씨에도 검은 후드티를 입었고 모자를 머리까지 눌러쓰고 입술을 달싹 거려 무슨 말인가 끝없이 중얼거리는 게 보였다. 무엇이 저 사내에게 자아를 망각시켜버리고 계절 감각마저 잃어 버리게 했을까,

"신림동의 검은 실루엣이지. 검은 실루엣, 서울대 사 범대생 김상현, 권력의 사냥개들에게 끌려가 매 맞고 전 기고문의 충격으로…" 진우는 '검은 실루엣' 사내의 정체 를 잘 알고 있었던 건 같은데, 더 이상 말을 잇지 못했다.

"하긴 누군들 끌려갔다 하면 제정신 가지고 돌아오겠 어. 살아서 나온다 한들, 초주검 상태니 저 김상현같이 정신을 끝내 수습하지 못하는 거지." "검은 안대를 씌워 서 나선형 철제계단으로 끌고 간다던데?" 혜란은 풍문으 로 주워들은 말이 생각나 진우에게 물었다.

"방향감각 공간감각을 인지하지 못하게 하려고, 고도 로 계획된 전술이지."

"그 공포가 어떠했을까?" 혜란은 가슴이 먹먹해졌다. 저 검은 실루엣 사내, 신림동에서는 그를 '검은 실루엣'이

라 부른다고 했다. 이 시대의 청춘들의 자화상이자 국가 권력의 잔혹성에 희생된 표상, 사범대학 3학년 김상현, 고문받고 풀려난 훈장(후유증)으로 정신분열증을 앓고 있대. 누군들 온전할까. 시대의 비극이지."

진우는 또 짙게 날숨을 뱉었다. 사범대생이라면 그는 어린 학생들을 가르치는 선생님이 되고 싶었을 것이다. 그런 그가 어쩌다 시대의 광풍에 휘말려 들었을까, 무슨 국가의 역적 짓을 했다고, 학생들을 잡아가는 남영동 대공분실에서는 무슨 일들이 자행되고 있었을까, 그가 저토록 무한 반복 웅얼거리는 말은 무슨 말일까, 가까이 스칠 때 들어보면 '너희들이 그런다고 세상이 바뀔 것 같아, 너희들이 그런다고 세상이 바뀔 것 같아,⋯ 같아, 같아⋯' 그가 끝없이 반복적으로 중얼거리는 말의 내용이었다.

"그 고문의 잔혹성은 가히 상상을 초월한다지. 나치의 히틀러도 동족의 가슴에 총질을 하지는 않았어. 따지고 보면 히틀러의 나치당보다 더한 놈들이지."

한참 만에 진우가 다시 입을 열었다. 미처 산화되지 못한 분노와 울분이 새어 나왔다.

김상현이 처음 연행됐다가 풀려 나왔을 때는 정신이

멀쩡했지. 초청 강연식으로 기자회견을 할 만큼, 그는 기자회견장에서 자신이 겪은 고문실의 참상을 낱낱이 소상하게 폭로했지, 그때만 해도 얼굴은 푸석했고 고문 상처는 붉은 피멍 자국으로 남아 있었지만 정신은 또렷했지. 그 폐쇄된 공간에서 자행된 고문 기술자들의 잔혹상을 세상에 알리려 여러 차례 기자회견을 했고, 저들을 악마적 살인집단으로 몰아넣었고, 젊은이들에게 공분을 불러일으켰지."

실제 김상현에 의해 밝혀진 내용들은 누구라도 들으면 피가 역류할 정도로 격분할 수밖에 없었다. 목숨을 내놓아서라도 인권을 지키려 결기를 하게 했다. "그것이 화근이었지. 생각해봐. 그 아우슈비츠보다 더 잔혹한 남영동 대공분실에서 자행되어지는 악행들이 세상에 알려지고 그를 지켜본 사람들은 치를 떨었으니, 그들이 김상현을 가만두겠어. 권력에 광기 들린 자들이 그대로 두고 보겠냐고. 다시 잡아갔지. 두 번째 데려다가 저렇게 반 죽여서, 더 이상 제정신 갖고 살지 못하게 혼을 빼서, 어쩌면 실제 죽었을 거라 여겨서, 길바닥에 버렸다지. 실제로 그가 발견된 시각과 장소는 인적과 차량 통행이 뜸한 으슥하고 외진 한 길 가였어. 자정이 한참 지난 시각, 위

중한 환자를 병원까지 태워다 주고 되돌아오던 택시기사
에 의해 발견이 되었으니까. 그를 발견한 택시기사는 시
체인 줄 알고 신고를 했겠지. 곧 도착한 구급차에 실려
병원으로 이송되어 꺼져가는 목숨은 불씨처럼 되살려냈
지만 혼미해지고 분열되어버린 정신은 끝내 봉합되지 못
했지." "아하, 그랬었구나. 그러니까, 두 번 잡혀 들어갔
네." 혜란은 진우의 말을, 귀신 얘기에 넋을 놓고 들었던
초딩 때처럼 온몸에 소름이 돋는 걸 느끼면서 들었다. 그
공포가 어떠했을지. 인간의 언어로 표현해내기에는 불가
능할 것 같았다. 젊음의 시간들은 방치되고 유기되어 흘
러가는 것 같다.

그치들이 캐내려 했던 정보들은 수배받고 지하로 숨어
든 선배들의 은신처를 대라는 것이 대부분이었고, 전대
협 조직의 계보를 그려내라는 회유였다. 사실 붙잡혀 간
학생 누구도 알지 못했고 설령 알고 있다 해도 목숨을 버
려서라도 지켜내야 할 우정이었고 젊음의 가치였다.

그들의 요구는 받아들일 수 없었다. 그러면 '너 혼 좀
나봐야겠어.'하면서 시작되는 고문은 갖은 고문 도구들
이 동원되고 가장 흔한 방법은 욕조에 머리 박기, 전기고
문, 통닭구이라며 철봉대에 손과 발을 함께 묶어 매달아

놓고, 낄낄거리며 잡담을 하거나 담배를 피웠다. 그는 고문 중에 저들이 지껄이는 말 중에서 충격적인 사실을 듣게 되었다고 폭로했다.

부천경찰서에 위장 취업 혐의로 연행되어 조사 중인 여대생을 조사관이 성을 도구로 고문했다는 내용이었다. 성고문, "그 독한 년이 그래도 입을 열지 않더라."고 저들이 아무렇지도 않게 지껄이는 것을 들었다고 했다. 그러다 때가 되면 그들은 모두 자리를 비우고 식사를 하러 밖으로 나갔다. 시간이 사라진 고문실은 햇빛 한 줄기 새어들 틈 없이 밀폐되고 음산했다. 붉은 백열전등 불빛 아래 시시각각 덮쳐오는 죽음의 그림자와 맞닥뜨려야 한 공포가 어떠했을지.

돌아와서는 묶었던 손발을 풀어 주고 식사라며 멀건 국물에 기름방울이 둥둥 뜬 곰탕이 제공되었는데 보기만 해도 역겨워서, 한 숟갈 떠서 목구멍으로 흘려보내면 헛물이 가득 찬 창자는 그 무엇도 받아들지 못했다고 김상현은 기자회견장에서 그 모든 상황들을 비교적 소상히 폭로했다.

그런 저들의 악행이 김상현의 입을 통해 세상에 알려지자 세상은 또 한번 경악했고 민심은 들끓었다. 시위는 더 격렬해질 수밖에 없었다. "부천경찰서 조사 경장을 구속 수사하라. 진상을 국민 앞에 낱낱이 밝혀라." 그 후 김상현은 쥐도 새도 모르게 붙잡혀 갔다. 그리고 초주검 상태가 되어 밤중에 한길 가에 버려졌다.

택시기사의 신고로 병원으로 이송되고 치료받고 나왔지만, 그의 영혼은 끝내 육신 속으로 복귀하지 못하고 떠돌고 있었다. 그의 영혼은 지금 어디를 방황하고 있을까, 이 시대, 누가, 이 시국을 조종하고 있는가, 혜란과 진우, 한동안 말이 없었다. 무거운 침묵 속으로 빠져들고 있었다.

"정신병이라고! 말하지 말자." 진우는 창문 너머로 하늘을 올려다본다. 복받쳐 오르는 암울한 감정을 제압하는 것 같았다.

"시대병이야. 국가폭력의 피해자, 불운한 시대에 청년기를 보내야 하는 불운한 세대들의 병, 시대병!" 진우의 말속에는 자조와 탄식이 들어있었다. 검은 실루엣은 빠른 발걸음으로 창밖 가시거리를 벗어나 어디론가 걸어갔다. 그가 가는 곳은 어디일까. 육신은 신림동을 배회하지만, 그의 의식은 우주의 어디쯤 떠돌고 있겠지. 애잔한 상상에 사로잡혀있었다.

"오혜란!" 갑자기 혜란을 불러 주의를 집중시켰다. 진우는 가끔 혜란을 부를 때는 성을 붙여 부르는 버릇이 있었다. 학원 강사 경력에서 습득된 버릇이려니 생각했지만, 학원에서 강의할 때와는 분명 다른 의미로 해석되었다. 혜란이 화들짝 놀라 고개를 돌려 진우의 얼굴에 시선을 꽂았다.

"이건 첩보급 비밀인데, 머지않아 전국 단위의 대규모 집회가 있을 거야."

"전국 단위라면 전국에서 일시에 동시다발적으로 들고 일어나는 거야."

"그렇지. 대통령 직선제와 연행자 석방을 요구하는 그야말로 꼭 관철시켜서 진실을 밝혀내고 그들의 만행을 규명해야 할 사안들이지. 우리가 거칠게 요구하지 않아도 실행되어야 할 것들을." "정말이야. 그럼 여자들도 그냥 있을 수 없잖아, 우리에게도 미션을!" "없어, 그냥 입 꾹 다물고 비밀 지켜주는 것 말고는, 학생 운동과 여자 친구는 서로 공존할 수 없는 존재지. 전대협의 첫째 준칙이 뭔 줄 알아? 여자 친구 먼저 끊기, 이해되지. 하!" 진우는 갑자기 큰 소리로 웃었다.

혜란은 진우의 웃는 모습을 보니 마음이 조금 여유로

워졌다. "왜? 왜? 우리도 할 수 있어. 여자들의 능력을 믿지 못하는 거야." "능력을 못 믿는다는 것보다 그 입을 믿을 수 없다는 거지. 김상현처럼 잡혀가서 모진 고문을 받으면서도, 거액의 현상금이 걸리고 수배 중인 동료의 행방이나 은신처를 지켜줄 여자 친구가 있을까. 그뿐인 줄 알아. 여자 친구가 저들에게 끌려가 부천서 성고문 사건에서 보았듯이 생각만 해도 그런 끔찍한 일이 생기지 말란 법은 없지." "그렇긴 한데, 왜 있잖아!" 혜란은 불현듯 여간첩 김수임이 떠올랐다. 여고 때, 소설로 읽었던 여간첩 김수임. 그는 시대를 초월해 시련으로, 목숨을 걸고 사랑을 지켜낸 사랑의 아이콘으로 혜란의 기억 한구석에 살아있었다. 학창시절에 읽었던 소설 한 권이 큰 울림을 주고 긴 여운으로 각인되어 있었다.

"해방 후 혼돈의 미 군정 기간, 암울한 시대에 이념으로 갈린 사랑하는 남자를 위해 미군 간부 존 베이드와 동거를 하면서 애인 이강국에게 기밀문서를 빼내 알려주고 도왔지만 자신은 결국 이강국과 사랑을 완성 시키지도 못하고 스파이 혐의로 총살로 생을 마감했다는 내용이었어. 불운했지만 사랑만은 지켜낸 사랑의 아이콘으로 역사에 기록된 여인, 김수임 그녀는 사형대에서 이슬처럼 사라졌고, 엘리트 공산주의자 이강국은 김수임이 빼내서 넘겨준 미 군정의 기밀문서로 김일성의 신임을 얻었고, 북한 사회주의 체제에서 초대 외교부장으로 발탁되었다고 소설은 서술하고 있어. 그 비극적 사랑의 히로인들, 김수임 그리고 인도의 '마타하리'라든가." 혜란은 제법 아는 체했다. 진우는 놀라는 눈빛으로 혜란을 바라보고 있었다. "모두 다 사랑을 위하여 사랑의 재단에서 산화한 지고지순한 여인들이지." "어쭈, 제법인데, 요즘 그런 복고풍 사랑 따위는 원하지도 않아." "여자가 사랑을 위해 목숨을 던졌다는 이야기는 많은데, 남자가 사랑하는 여인을 위해 목숨을 걸었다는 스토리는 아무리 동서양 고전을 뒤져봐도 없는 것 같아, 진우 씨."

"고전에 없으면 미래 창작 소설에는 많이 등장할지도 모르지. 사랑하는 여인을 위해 가진 것 다 내던질 순정파 사내, 세상이 변했으니 가치관도 달라지겠지." 진우는 거사를 계획하고 있다고 하면서도 일부러 그러는지 유머를 섞어 여유롭게 이야기를 끌어갔다. 진우의 재치 있는 너스레가 의미 있게 들렸다.

혜란은 비운의 사랑을 했던 김수임이 다시 데자뷔 되는 이 현실이 암울하게 다가왔다. 그러다 퍼뜩 떠오르는 생각이 있었다. "진우 씨, 동서양을 막론하고 어느 시대에나 실존하지 않는 추상적이고 개념적인 단어들이 인간의 삶을 지배해 왔었던 것 같아. 과거에도 그랬고 지금도 진행형인 두 진영의 이념 갈등이라든가, 귀족과 평민의 신분의 벽 같은 것들은 극명하게 두 부류로 나뉘어 투쟁하고, 쟁취하고, 전진하거나 퇴각하고, 흥성하고 몰락하고, 사랑하고 헤어지게 하는 것들, 영원히 인류가 안고가야 할 딜레마가 아닐까." 혜란은 말을 마치고 진우를 물끄러미 바라보았다.

진우는 진중하게 듣고 있었다. 혜란의 긴 설명에도 끼어들거나 말 자르기를 하지 않았다. 혜란은 모처럼 만에 법전이나 법 조항에서 벗어나 우리가 처한 시대 상황과 사랑을 주제로 자유토론을 하고 있는 것 같아 마음이 한결 즐거워지고, 진우 앞에 편협하다고 빈약하다고 느끼고 있었던 자신의 지식과 견해를 술술 풀어냈다. 뿌듯했다. 자신의 변화에 놀라고 있었다.

"이성과 지성 그리고 사랑, 열정, 인간이 빵 만으로 살수 없는, 정신적 가치 즉 자유, 민주, 인권, 믿음, 꿈, 박애, 더 나아가 순교라든가, 그런 단어들이 주는 강렬한 힘, 말하자면 실존하지 않은 정신적인 헤게모니가 더 강렬하게 의식을 지배하고 있지. 왜 우리도 꿈이 있기에 구도의 길을 가는 순례자들처럼, 지금의 이 고난이 미래의 행복을 가져다준다는 스토아적인 믿음이 있기에 현재를 잘 견디고 있잖아." 진우가 추가 설명을 덧붙였다. 혜란은 진우의 말이 꿈처럼 가상처럼 들렸다. 고개를 끄덕였다. 그것은 긍정한다, 이해한다, 동의한다. 그러고 보니 모두 추상적인 개념들이었다. 추상이 지닌 강렬한 힘, 그것들이 가져다줄 미래를 위해 우리는 다시 은폐되고 밀봉된 채 소멸되어 버릴지도 모를 현실 속으로 들어갔다.

"오혜란, 이제 2차 준비 치밀하게 하고 원스트라이크로 2차까지 통과해야 하지 않겠어. 하! 그게 현재를 버티게 하는 우리의 희망이니까." 진우는 짧게 웃고 나서 자리에서 일어났다.

"이제 어디로 갈 거야."

혜란은 습관적으로 물었다.

"남자의 행선지를 묻지 말라고 했잖아. 이 혼돈의 시대에는 묻지 않는 게 예의야. 어차피 모르는 게 피차 편할 걸. 자, 공부 열심히 하자."

진우는 독려의 말도 잊지 않았다. 둘은 밖으로 나왔다.

한길엔 벌써 어둠이 깔려있었다. '자, 열심히 하자'라는 말을 되새기고 헤어져 돌아갔다. 권력에 도취 된 탐욕자들이 물러서지 않고는 시국의 혼돈은 쉽게 가라앉지 않을 것 같았다.

혜란은 진우와 헤어져 돌아오면서 기분 좋은 생각으로 달떠 오르고 있었다. 진우와 주고받은 대화들이 긴 여운으로 되새김질 되었다. 사랑과 이념, 사상, 그리고 사랑하는 사람을 위하여 적장과 동거하면서 첩보를 빼내어 보내주다 자신은 형장의 이슬로 사라져간 비운의 여인들. 혜란이 여고 때 읽었던 소설 속 여주인공 간첩 김수임과 그 무렵 보았던 영화 '귀향'이 떠올려졌다. 영화 '귀향'은 독일의 나치에 항거하는 레지스탕스 지하단체에서 활동하는 연인을 위해 첩보 미션을 수행하다 적에게 붙잡혀 모진 고문을 당하고 긴 수형 생활을 마치고 감옥 문을 나설 때, 그녀는 이미 머리가 하얗게 새어버린 할머니가 되어있었다. 그리고 고향으로 돌아가는 열차 안에서 그 모질고 긴 세월을 회상하면서 영화가 끝나는 데 특히 그 라스트 신이 혜란의 기억 속에 선명하게 각인 되어있다가 지금 이 순간 또렷하게 회자 된다. 학창시절 읽었던 소설

한 권이 큰 울림으로 다가오고, 감명 깊게 보았던 영화 한 편이 이렇게 오랜 시간 동안 뇌리에 저장되어 있다가 유사한 상황을 만나면 실제처럼 회자 되는 게 신기했다.

서양의 고전 명작 소설들 대부분 사랑하는 연인들이 사상과 이념 그리고 귀족과 천민이라는 신분의 벽 앞에서 절망하고 통곡하며 무너져 내리면서도 목숨을 바쳐 지키려 했던 그래서 더 숭고하고 값진 사랑, 만약에 내게 그런 사랑이 찾아온다면, 정말 목숨을 바쳐 지켜 낼 수 있을까. 정말 그렇게 할 수 있을까. 혜란은 스스로 물음을 던지다 가슴이 먹먹해진다. 생각하는 것만으로도 무거운 감정들이 바위 돌처럼 마음을 짓누른다. 왜 하필 그렇게 목숨을 요구하는 치열한 사랑, 이념으로 나누어져 분열된 사랑, 그런 엇나간 사랑 말고… 같은 목표를 향해, 두 손 잡고 같은 보폭으로 걸어가는 사랑, 인생길에 동반자가 되어줄 그런 평화롭고 따뜻한 사랑이었으면 좋겠는데, 진우는… 진우가 만약 내게 그런 사랑을 요구한다면, 난 정말 진우를 위해 기꺼이 사랑의 재단에 목숨을 바칠 수 있을까.

김수임이 체포되어 형장의 이슬로 사라질 때, 소멸되지 않은 장착된 시간을 안은 채, 육신이 한 줌의 재가 되어 허공으로 흩어질 때, 이강국은, 이강국은… 변함없이 김수임을 사랑하고 있었을까? 흔히 그렇듯, 사람들은 그런 것을 두고 지고지순한 사랑이라고 말하지만, 그 지고지순한 사랑의 꽃은 여자의 희생 위에서 피어났다. 그럴 만큼 진우가 나를 열렬히 사랑한다면… 내가 '죽어도 좋아'라는 마음이 진심에서 우러난다면 진우를 위해 사랑의 재단에 기꺼이 목숨을 바칠 수 있을까? 나에게 그런 사랑이 찾아온다면…

이제 시위는 일상이 되다시피 했다. 갈등은 격화되고 지루한 싸움은 계속되었다. 상아탑의 하늘은 최루가스에 뒤덮여 갔다. 만남의 광장 시계탑 위의 하얀 비둘기들이 최루 매연 속에 짙은 잿빛을 띠고. '학우여 미래를 보려거든 관악을 보라' 저 멀리 공학관 아래 펄럭이는 현수막이 거무튀튀했고 너덜너덜 해져있다.

자고 나면 일어나는 시위에 청춘들은 지쳐갔지만 쉽게 멈출 수 없었다. 그들이 시간과 젊은 에너지를 소모시켜가며 무엇을 얻어내려 했던가. 무력진압은 더 강경해졌고 차츰 유혈사태로 번져갈 조짐이 나타났다. 그 폭력적 진압의 강도가 더해갈수록 시위대의 함성 또한 울분과 분노를 담고 사생 결단적으로 이어질 수밖에 없었다.

시위가 더 격렬해지자 도처에서 희생자가 속출했다. 교활한 위정자들, 정권의 하수인과 순수 이성 간의 쫓고 쫓기는 치열한 공방전은 그렇게 관악의 봄 하늘을 최루가 스로 뒤덮으면서 지루하게 이어지고 꽃처럼 피어나야 할 젊은 청춘들은 민주주의 쟁취 현장에서 피를 흘리며 산화하기도 했다.

유동하는 사회적 합의나 시대의 바람마저도 야수 같은 야망 앞에 시들어버렸다. 보이지 않은 폭력이었다. 빈 칸으로 남겨진 젊음의 시간들은 저항과 분노로 채워지고 청춘들은 붙잡혀 갔다. 남겨진 가족들은 철창 밖에서 통곡했다. 그날 이후의 유족들, 부모들의 일상은 정지되고 남겨진 시간들은 무가치하게 변질되어 버렸다. 민주화의 재단에 자식을 바친 부모들의 통곡을 그들을 끝내 외면했다.

도림천을 두르고 서 있는 플라타너스 가로수 잎이 하루가 다르게 그 푸름을 더해간다. 6월의 강렬한 햇빛이 골목을 돌아 휘어지고 꺾어지다 흩어지고 있었다. 고양이 쉼터에 학생들이 모여들었다. 살아 움직이는 생물인 고양이는 깊은 사고에 갇힌 고시생들의 의식을 잠시 현실 앞으로 끌어내 주었다. 배를 한껏 불린 고양이가 햇살 바른 양지를 찾아 나른하게 사지를 늘이며 뒹군다. 쏟아지는 6월의 햇살 아래 골목에 누워있는 녹색 아스콘 길은 지하주차장으로 연결되어있었다.

우리는 모두 2차 시험 준비에 들어갔다. 2차 수험공부는 각자 하기로 했다. 그러나 다시 2차 준비모임을 결성하자고 말한 사람은 서민주였다. 그는 건과 양화영, 동민이 빠진 채로 스터디 팀을 운영하자고 적극적이었다. 민주의 제의에 동의하는 친구는 별로 없었다.

2차는 유형이 논술형이기 때문에 자칫 닮은 꼴 문장이 나올 수도 있어 독자성을 창출하기 위해서라도 각자 하는 게 옳다고 민주의 의견을 부결시켰다.

팀은 사실상 와해가 되었다. 출발은 같았지만 결승점을 향해가는 과정은 끼어드는 변수들 때문에 엎치락뒤치락 뒤죽박죽이 되었다.

혜란도 큰맘 먹고 핀셋 실전 모의고사 반, 수강 신청을 했다. 진영은 민욱의 원룸으로 들어간 뒤로 친구들 앞에 잘 나타나지 않았다. 가끔 학원이나 도서관에서 보이기는 했는데 그때마다 함께였다.

진우는 스스로 금주령을 내렸다. 잠시 시국 관련 정보는 받지 않기로 했다. 각자 선택한 최적의 공간에서 가장 적합한 공부방식으로 머리를 쥐어뜯으며 법 조항과 사투를 벌일 것이다. 신림동 고시촌에는 치열한 변증법적 수월성과 냉엄한 승부의 법칙만이 존재했다.

파란 청춘들의 빈칸으로 남겨진 시간은 그렇게 도서관과 시위현장으로 나뉘어 흘러갔다. 비루한 청춘이라거나, 남루한 청춘, 발가벗은 청춘, 운운하면서 자조하기를 좋아했던 그들도 가끔은 남겨진 시간을 '용들의 시간'이라 가치를 부여하면서 서로를 격려하는 여유도 잊지 않았다.

혜란은 강의실로 들어갔다. 강의실은 벌써 빈자리를 찾기가 쉽지 않았다. 길현, 민주 모두 자리를 잡고 앉아있었다. 허민욱과 장진영이 나란히 앉아있었다.

길현은 고시 장수생은 고시 낭인으로 가는 전초라며 익살을 부리기도 했는데, 직장을 가지고 있어서인지 그런 익살마저도 여유로워 보였다. 그런 그가 이번에는 1

차 통과하고 2차 준비에 들어갔다.

시대의 아픔을 외면한 것 같지만 어쩔 수 없었다. 진리의 횃불을 밝히려면 고시에 합격하고 당당히 사회적 요구에 부과된 책무를 수행하는 게 이 혼돈의 시대에 국가에 이바지하는 길이라 스스로를 합리화하면서 강의에 몰입해야 했다.

부천서 성고문 사건의 피해자에게 징역형이 선고되었다는 보도는 또 다시 민중운동권에 기름을 부은 꼴이 되었다. 산업현장에서 여공들의 시위가 봇물처럼 터져 나왔다. 전국은 그야말로 혼돈의 소용돌이 속으로 휘말려 들고 이를 진압하려는 전투경찰들이 쏘아대는 최루가스는 마치 날벌레 죽이려고 뿌려대는 살충제처럼 남발되었다. 그동안 억압되어 있었던 산업민주화에 대한 열망이 걷잡을 수 없이 터져 나왔다. 마음을 진정하고 나면 꼬리를 물고 일어나는 시위들, 성을 혁명의 도구화했다는 어처구니없는 폭압정치, 공권력의 횡포, 인권탄압의 야만성이 낱낱이 드러나는데 이대로 멈출 수 없다는 저항의식은 불꽃이 되어 타올랐다.

우리는 차라리 혼돈에 무감각해져 갔다. 도서관은 비

어가고 책 속에서 길을 찾아야 할 학생들은 시위대가 되어 거리로 쏟아져 나왔다. 학교는 언제 풀릴지 모르는 긴 휴강에 들어갔다.

  그 치열했던 시위현장에 밤새 비가 내렸다. 새까맣게 그을린 화염병, 타다 만 솜뭉치, 깨진 벽돌, 시위대의 진로를 막으려고 쳐놓은 바리케이드는 돌멩이에 맞아 상처투성이가 되어 이제 막 돋아나기 시작한 파릇파릇한 잔디 위에 널브러져 비에 젖어있었다. 물대포가 하늘 높이 치솟아 오르고 최루가스가 분사되고 기자들은 화염병을 던진 시위대를 향해 셔터를 눌러댔고 이를 제지하려는 세력과의 몸싸움에 생채기가 난 얼굴에서 피가 흘렀다. 사진 속 최루가스에 눈물 흘리는 시위대는 이제 6월의 아이콘이 되어 버린 지 오래다. 시위현장은 참혹했다. 젊은 열사들의 함성이 들리는 것만 같다.

  비 그친 뒤 모습을 드러낸 어제 대규모시위가 있었던 아크로폴리스광장에서 정문으로 이어진 도로는 전쟁터를 방불케 했다. 역사 속으로 내재 될 시간들은 빗속에 엎드려있다. 곳곳이 폐허같이 을씨년스럽기만 하다.

간밤에 쏟아붓던 장대비가 잠시 주춤한 사이로 습기를 머금고 무거워진 먹구름이 머리 위에 걸쳐 있었다. 하늘이 내려앉을 것만 같다. 관악산 정상을 덮고 있던 철쭉의 짙은 분홍이 먹구름 아래 처연하다. 관악산 골짜기를 거치면서 세를 불린 물살이 도림천 석벽을 할퀴며 흘러간다. 위협적이다. 붉은 아스콘 산책로는 물속으로 사라지고 치열했던 기억마저 지워버린다.

2차 시험일이 눈앞에 다가와 있었다. 비가 갠 뒤, 매캐한 최루가스 냄새가 채 가시지 않은 가운데 고시촌에 불안한 평화가 흐른다. 지나친 각성으로 굳어버린 감각을 깨우기 위해 우리는 비어홀에서 만났다.

진우는 그간 마음고생이 심했는지 얼굴이 수척해 있었다. 아무 말도 묻지 않았다. 성건의 얘기도 꺼내지 못했다. 숨이 막히는 침묵 속에 술만 마셨다.

"혜란아, 수험공부는 잘돼 가나?" 그래도 빠뜨릴 수 없는 안부가 공부인 듯 진우가 물었다. 혜란은 고개만 끄덕였다.

"혜란아, 시간은 우리에게 많은 걸 묻고 있지. 사랑, 고시, 우정, 그리고 우리가 꼭 쟁취해야 할 민주주의라는 피해갈 수 없는 거대한 딜레마, 어느 것 하나도 포기할 수 없고 저절로 이루어질 수 없는 것들이지." 진우는 담배를 꺼내 물었다. 지쳐보였다. 예전에 본 적 없는 모습이었다.

진우는 요즘 뭐하고 다니는지, 분명 시위에 참가하지는 않은 것 같은데 그렇다고 학생운동에서 완전히 손을 뗀 건 아닌 것 같고, 그렇담 배후에서, 혜란은 물을 수도 없고, 뭐가 뭔지 그저 아리송했다. 진우는 수험공부는 하고 있을까. 혜란은 진우가 걱정되었다.

"미안해 진우야, 도울 게 없어서." "미안해할 거 없고 힘이 생겼을 때, 평화적인 방법으로, 도울 수도 있어." 사실 진우의 말이 지닌 의미가 무엇인지 어렴풋이 느껴지기는 했다.

"자, 그만 돌아가고, 시험 잘 치르고 다시 보자." 진우는 담백하게 말을 마치고 자리에서 일어났다.

고시생들은 활화산 같은 일촉즉발의 불안을 안고 예정된 수순 대로 2차 시험을 보았다. 잠시 주춤하던 시위가 시험 첫날 산발적으로 시작되었다고 하더니 급기야 전국으로 들불처럼 번져나가고 시위가 치열했던 둘째 날과 다음날까지 연 사흘간 나누어서 시험을 치렀다. 혜란은 시험 둘째 날, 생리가 시작되었다. 기분 나쁜 생리통을 동반하고 찾아왔다. 매달 예정된 행사이긴 했다. 시험 치를 때마다 조마조마하면서도 간당간당 잘 넘겼는데, 이번에는 피해 갈 수 없이 맞닥뜨려지고 말았다.

혜란은 가뜩이나 이번 시험 자신이 없는데 엎친 데 덮친 격으로 생리까지 찾아와, 심술궂은 마녀의 마법에 걸려 혼몽한 정신으로 무어라고 끼적였는지, 기억조차 나지 않는다. 이번에도 합격하지 못한다면… 하고 싶지 않은 가정이지만 생각만 해도 아득하다. 답이 없다. 눈 그늘은 짙어가고 얼굴은 푸석해져 있다. 실패가 누적되면 자신감부터 급강하하고 매너리즘이 찾아온다고 1차 합격 후 바짝 조여서 원스트라이크를 날려야 자신감을 잃지 않고 다음 수순에 순조롭게 진입할 수 있을 텐데, 진우도 시험을 잘 보았을까 궁금해진다. 만에 하나 결시를 했을 수도, 지난번 보았을 때의 진우의 수척해진 모습이 눈앞에 그려진다. 이번에 전화 오면 만나자고해서 밥을 사야겠다. 진우에게 늘 신세만 졌지, 혜란은 생각했다.

아래층 휴게실에 켜놓은 티브이를 통해 집권당 대표

의 직선제 선언이 흘러나왔다. 6·29선언, 혹은 6·29 항복이라는 타이틀이 붙었다. 그 당연한 권리를 쟁취하기까지 젊은 청춘들이 허비한 시간은 만신창이가 되어버렸다. 그토록 혹독한 대가를 치르고서야 얻어낸 결과에 차라리 허탈한 눈물을 흘릴지언정 누구도 환호하지 않았다.

우리의 젊은 날은 그렇게 화려한 듯, 열정적인 듯, 꽃 피는 관악산과 5월이면 도림천변을 수놓은 민족의 꽃 노랑, 보라 창포와 자고새면 일어나는 소요 속을 부유하면서 꿈을 좇아 모여든 불나방 같은 청춘들을 유린하면서 흘러가고 있었다.

꿈도, 사랑도, 데모도 결코 유예할 수 없고 포기할 수 없는 이 시대 청춘들에게 부과된 책무였고, 비겁하게 피할 수 없는 시대가 보내준 의무였다.

한 장 남은 달력이 시간을 멈춰 세울 듯 불안하게 보였다. 87 다음에 올 숫자 88(쌍팔)이 기다리고 있다고 생각하니 불안이 조금 덜했다. 흘러가는 나날에 숫자를 붙여 놓은 인간들이 퍽 영악하다고 생각했다. 이제는 집권당 차기 대권주자에게 대통령 직선제 약속도 받아 놓은

상태였고, 위태롭지만 안정된 분위기에서 우리는 모두 2
차 합격자 발표에 가슴을 졸이며 시간을 죽이고 있었다.

　혜란은 꽤 오랜만에 진우와 만나 식사를 했다. 이번에
는 혜란이 진우에게 밥을 사주었다. 그리고 카페로 자리
를 옮겨 커피를 마시며, 수다를 떨고 있었다. 진우는 2차
발표를 앞두고 있는 사람답지 않게 퍽 여유로워 보였다.
그때, "아, 저게 뭐지." 진우가 자리에서 솟구치듯 일어
나며 "혜란아, 잠시만, 잠시만." 하고 하던 얘기를 중단
시켰다. 그리고 티브이 화면에 시선을 꽂았다. 티브이 화
면에 '속보'라는 대형 활자 자막이 뜨고 'KAL 858기 여
객기가 인도양 상공에서 실종' 이라크 바그다드에서 출발
해 UAE 아부다비를 경유, 한국 서울로 향하던 여객기였
고, 여객기에는 중동에 파견된 우리나라 근로자들이 많
이 탑승해 있었다.
　특종을 취재한 기자의 흥분한 목소리가 흘러나왔다.
커피숍 안에 있던 누군가가 리모컨으로 볼륨을 높였다.
취재기자의 음성은 더 크게 쿵쿵 실내를 울렸다. 혜란은
심장이 출렁출렁 심한 파고가 일어나는 것 같았다. 진우
가 "야, 혹시 민주 아버지도 저기 있었던 것 아니야. 민

주가 자기 아버지 체류기간이 거의 끝나가서 곧 돌아오실 거라고 말하지 않았어?" "어, 정말 그랬어. 나도 들었어." 우리는 불길한 추측에 잠겨 화면에 집중했다. 서민주, 이번에 2차 잘 치룬 것 같다고 좋아했고, 때맞춰 아버지고 귀국하신다며 자랑했는데, 아닐 거야, 아니겠지. 우리는 다시금 애써 마음의 평정을 지키려 했다. 티브이에서 내내 쉴 새 없이 KAL 858기 실종 사건이 흘러나왔다.

인도양 미얀마 상공. 탑승객 115명 전원 실종, 88올림픽을 방해하려는 북한의 소행이라는 둥, 선거를 앞두고 반공 불안을 획책하려는 정치적 전략이라는 둥, 추측이 난무하고 곧바로 전문가 팀이 나와서 다방면으로 심층적으로 분석좌담을 시작했다.

국가적으로든, 사회적으로나 혼돈에 갇혀버린 시대, 탈출구를 열어줄 구원의 손은 어디에도 없었다. 우리는 절망하고 서로를 일으켜 세우며 용들의 시간을 버렸다. 진우와 혜란은 서민주 아버지가 그 여객기에 탑승하지 않았을 거라 생각하며 커피숍을 나왔다.

학원 앞에 사람들이 말벌 떼처럼 붕붕거리면서 몰려있

었다. 2차합격자 발표가 났다고 했다. 가슴이 철렁했다. 나에게 합격의 영광이 주어진다면, 아버지의 모습이 회자되고 있었다. 시험은 붙기 위한 거지, 그러나 곧 낭떠러지 같은 절망감과 맞닥뜨려야 했다. 암흑 같은 절망감이 기다리고 있었다. 합격자 명단에 오혜란은 없었다. 유독 혜란에게 꿈은 쉽게 접근하기 어려운 곳에 있었다.

박진우의 이름 석 자가 크게 클로즈업되면서 시야에 들어왔다. 진우는 합격이었다. 진우와의 거리가 몇 광년 별들의 거리처럼 멀어지고 있었다. 자책과 자괴까지 불러들여 더 가라앉고 있었다. 그는 일찌감치 합격을 예감했었을까, 사실 진우는 공부를 그렇게 열심히 하는 것 같아 보이지 않았다. 늘 분주히 활동했다. 책을 끼고만 있어도 머리에 입력이 되느냐는 우스갯소리가 그냥 우스갯소리만 아닌가, 혜란은 다시 한번 더 명단을 훑어 내려갔다. 여전히 오혜란은 보이지 않았다. 박민주, 차민주, 서민주가 민주가 셋이나 보였다. 같은 이름이 여럿 보였고 겹친 이름 옆에는 수험번호가 적혀 있었다. 그 중 서민주 이름이 보였다. 허민욱과 진영, 남길현 그들도 합격자 명단에 이름을 올리지 못했다. 그것이 다소나마 위안

140

이 된다면 비굴한 생각일까, 내 양심에서 양면성을 보았다. 패자동맹 맺을 상대라도 있어서 위안이란 말인가, 쉽게 넘을 수 없는 장벽 앞에 패잔병이 된 기분에 젖어 들고 있었다.

발길을 돌려 고시원으로 돌아왔다. 방으로 들어서자 책장에 꽂혀있는 수많은 책, 책들은 침묵했다. 혜란은 그렇다고 루저일 수는 없었다. 내년을 또 준비해야 할까. 그나저나 아버지를 어떻게 설득해야 할까. 시험은 늘 승자와 패자로만 가른다. 중간 지대는 없다. 전화기는 꺼두었다. 아무도 서로 연락하지 않았다. 혜란은 진우에게 '합격을 축하한다.' 꼭 그 한 마디는 전화로라도 전해야 할 것 같은데, 방에 널브러진 채 며칠이 흘렀다. 손가락하나 까딱할 힘도 없었다.

지난 추석 때, 고향 집에서 저녁상을 물리고 난 후 아버지는 동그란 등을 벽에 붙이고 담배만 뻐끔뻐끔 빨고 있었다. 아버지가 뿜어대는 담배 연기 안에 들어있을 의미가 무엇인지 혜란은 짐작하고도 남는다.

"아버지, 죄송해요." 혜란은 태어나서 처음으로 아버지께 죄송이라는 말을 했다. "너무 의기소침 허지 말고,

열심히 혀 봐." 아버지는 순순히 얼굴에 드리웠던 근심을 거두었다. "내년에도 안 되면 짐 싸들고 내려와! 이제 나이도 적지 않은데 결혼도 해야 하고…" 곁에서 끼어드는 오빠의 말은 강경했다. 그리고 입을 다물었다. 오빠는 더 할 말이 있는 것 같은데… 이즈음 들어 오빠는 자주 결혼이라는 말을 입에 올렸다.

오빠로서도 그럴 수밖에 없었을 거라 생각을 하려다가도 야속하게 느껴졌다. 사실 오빠와 혜란은 같은 오 씨 성을 가졌다는 것 말고는 무척이나 달랐다. 어머니가 다르다는 게 그토록 동질성을 찾아, 볼 수 없는 이유가 되는 건지, 현실을 보는 관점, 미래를 내다보는 예측, 어느 것 하나 닮은 게 없는 것 같았다. 혜란은 눈앞에 밀려드는 짙은 회의감과 태생적 한계를 느끼면서 불편하고 불안한 침묵이 내리누르는 것 같다.

"그깟 판, 검사가 뭐 별거라고, 그런 거 안 해도 밥 먹고 사는 데 지장이 없는 세상이 됐다." 오빠의 현실 감각은 퍽 단순한 데 있었다. 그리고 다시 말을 이었다. "우리 마을 특용작물후계자 강성탁은 신선초 한 작목만으로 1년이면 수천만 원 소득을 올린다. 그뿐인 줄 알아, 신선초 작목지도사로 여기서 저기서 강의 요청도 수없이 들어오고 이 평창군의 우상이야." 오빠는 몹시 부러운 듯, 혜란을 향해 눈을 치떴다. "그러니까, 어쩌라고!" 혜란은 오빠의 말에 모처럼 화를 내고 말았다. 정말이지 그때만은 참기 어려웠다. 곁에 앉아있는 올케가 혜란을 향해 사납게 눈알을 세웠다. "아가씨! 집안 살림이 거덜 나는 꼴을 봐야 그 고신가, 돈 먹는 하마인가 그만 둘 거예요. 지금이 몇 년째예요. 우리 귀원이도 내년이면 중학교도 가야 하는데 연로하신 아버님 생각도 해야지요." 올케의 말은 딴에는 절제되어 나왔지만 듣기에 따라서는 혜란에 대해 질책이 옹골차게 압축되어 있었다. 자신의 아들이 중학생이 될 기간 동안 시아버지가 재혼해서 낳은 시누이 뒷바라지해왔다는 것과 이제는 늙으셔서 노동력을 잃어가는 시아버지의 딸에게 더 이상 돈을 쓰고 싶지 않다는 해석이 가능했다. 보이지 않은 가시가 느껴졌다. 사실 그랬다. 오빠의 말이 크게 과장되거나 혜란을 고향으로 불러들이려고 부풀려서 하는 말이 아니라는 걸 혜란도 안다.

혜란의 고향, 강원도 평창군 대관령은 기온이 일교차가 커서 배추의 생육에 최적의 조건을 갖추고 있어 배추 주산지인데다 가까운 곳에 육우목장이 있다. 신선한 우유를 생산하는 젖소가 청정하게 자라고 한가로운 송아지들의 울음소리는 목가적으로 들렸다. 평창 축협에서 관광상품으로 개발하여 홍보한 덕에 어린아이들을 동반한 관광객들이 많이 찾아왔다. 그로 인해 그들을 대상으로 하는 숙박업이나 음식점 등, 소득원을 개발만 하면 얼마든지 높은 수입을 올릴 수 있는 잠재력이 무궁무진했다. 부지런히 일만 하면 소득원은 널려 있을 만큼 천혜의 조건을 갖춘 곳이라고 마을 사람들은 고장에 대한 자부심이 높았다.

"다음에도 안 되면 때려 치워! 진로의 방향을 수정할 줄도 알아야지 고집스럽게 매달릴 게 뭐 있어. 나이도 적지 않은데, 결혼도 해야지." 오빠는 재차 쐐기를 박았다. 아버지는 가타부타 말이 없었다. 오빠나 올케의 눈치를 보는 건지, 자신의 의견을 드러낼 수 없을 만큼 노쇠해진 탓인지.

혜란은 그간 기다려준 오빠나 아버지, 그리고 그보다 더 올케에게 미안함과 고마움을 갖고 있었지만, 강철보다 강경하고 원색적인 오빠의 말에 가슴을 찔리고 있었다. 혜란은 합격할 때까지 의도적으로 고향 집은 멀리 밀쳐 두기로 했다. 목표점을 하나로 집약시키려면 그래야 할 것 같았다.

가끔 오빠의 음성에 실린 말들, '결혼도 해야지, 내 후배 강성탁은 신선초 재배만으로 연간 수천만 원 수입을 올린다.' 오빠의 말속에서 여러 차례 강성탁이 거론되고 혜란의 꿈을 분열시키는 말들이 귓가를 스치곤 했다.

혜란에게 죽음이 임박한 것 같은 극심한 불안과 함께 두통이 일어나고 현기증이 나타나기 시작한 것도 그 무렵이었다.

진우에게서 문자가 들어와 있었다. 저녁에 '청소년 회관 앞 갈빗집'에서 밥을 같이 먹자는 내용이었다. 자신이 진우에게 사주는 축하의 성찬이 아닌, 진우가 자신에게 사주는 위로의 밥… 씁쓸했다. 패배자의 자기연민을 감쪽같이 감추고 진우를 당당히 바라볼 수 있을까, 그러나 이대로 진우를 포기할 수 없다. 가끔은 뻔뻔해지자. 혜란은 거울 앞에 서서 자신의 모습을 들여다보며 스스로 용기를 충전했다.

진우는 2차 합격하고 나니 바로 강사료가 인상되었다고 말하면서. 연수원 입소보다 대학원에 진학할 계획을 가지고 있다고 했다. 법조계의 진출보다 대학 강단에 서는 것이, 자신은 가르치는 교수가 더 성향에 맞는 것 같다며 자신의 계획을 알려주었다. 법조계 진출이건 교수건 성취한 자의 여유처럼 들리고, 혜란에게는 한참 멀거나 다가가기 어려운 위치였다. 혜란은 아무 대꾸도 하지 못하고 듣기만 했다. 진우가 혜란의 심중을 헤아린 듯,

"너 합격할 때까지 당분간은 이대로 학원에 머무르면서 너를 지켜 볼 거야." 배려의 말도 잊지 않았다. 혜란은 눈물이 왈칵 솟구칠 것만 같았다. 합격할 때까지 신림동을 떠나지 않고 곁에 있어 주겠다는 말의 의미를 복기할수록 양가적 감정에 시로 잡혀 헤어날 수가 없었다. 진우가 떠나고 나면 신림동은 혜란에게는 빈 거푸집이 되어 그 빈 공간으로 채워질 불안과 상실감을 감당할 자신이 없고, 그의 말대로 곁에 머무르며 피드 백 해주었는데도 낙방했을 때, 그 민망함과 부채감을 보상할 자신 또한 없었다.

"혜란아, 너무 의기소침해 할 것 없어. 우선 마음에서 패배주의 의식부터 몰아내고 스스로에게 가치를 부여하고, 그래야 당당해지고 자신감이 회복되니까." 진우는 위로의 말도 준비해 가지고 나온 듯했다.

오는 길에 진우의 방에 들러 책을 한 보따리 받아왔
다. 가격이 비싼 법전들이었다. 가격이 너무 비싸 사려다
망설이고만 있었던 책들이었는데, 바라만 보아도 마음이
뿌듯했다. 책들을 모두 책꽂이에 꽂아 놓고 당장 들여다
볼 책은 책상 위에 놓아두었다.

혜란의 작은 고시원 방이 책으로 가득 채워졌다. 지식
부자가 된 것 같다. 마음은 벌써 합격에 가까이 다가간
것 같았다. 마음을 다 잡고 법전에 몰입하기로 했다. 다
시 합격을 향해 지난한 행보를 또 준비했다.

화영이 진우를 찾아왔다. 진우가 강의 하고 있는 학원
을 용케 알고 찾아왔다. 화영은 무척이나 힘든 시간을 보
내고 있었던 듯, 풀이 죽어 있었다. 건의 구치소 면회를
다니기 위해 학교는 휴학했다고 했다. 진우에게 함께 가
자고 했다.

혼자 가기에는 좀 겁이 나고 그렇다고 부모에게 도와
달라고 말하기도 지금으로서는 어렵다고 말했다. 화영은
건의 구속도 구속이지만 두 사람이 사귀는 것을 탐탁잖게
여기는 부모님 때문에 더 힘들다고 했다.

현명하고 이성적이라고 믿고 있었던 딸의 선택치고는 어이없다며 아예 노골적으로 헤어지라고 한다는 것이었다. 부모님들은 건과 헤어지고 사법고시 합격하고 나면 그보다 더 스펙 좋은 남자가 줄을 설 텐데 뭐가 아쉬워서… 하지만 화영은 건을 놓을 수 없다고 울먹이면서 그런 엄마에게 도움을 청할 수도 없고 진우 오빠가 좀 도와달라며 애원하다시피 했다.

진우도 사실 건이 보고 싶었다. 건이 처음 연행되어 갔을 때만 해도 이렇게 오래 있을 줄은 몰랐다. 그의 아버지가 누구인가, 법조계에 이름만 대면 다 아는 유명인사가 아니었나. 조사만 받고, 그것도 형식적으로, 곧 풀려 나올 줄 알았다.

진우와 화영이 면회실에 도착해 기다리고 있었다. 화영이 미리 면회 신청을 해놓았다. 화영은 몹시 긴장한 모습이었다. "오빠 본 지가 너무 오래된 것 같아. 그간 얼마나 마음고생이 심했을까." 화영은 입만 열면 건의 걱정이 튀어나왔다. 진우는 건이 은근히 부러웠다. 자신에게 순수한 애정을 가지고 위해 주는 연인이 있다는 건 분명 행운일 테니까. 용맹스런 용장은 전시에 나타나듯, 그 여자의 사랑의 밀도는 자신이 어려움에 처해 있을 때, 드러난다고 알고 있었다. 남자의 성공이나 출세에 촉각을 세우고 조금만 그 위상이 추락해도 바로 고무신 거꾸로 신는 여자들이 널려 있는 판에 구치소에 수감된 건을 안쓰러워 못 견뎌 하는 화영이 퍽 순수해 보였고, 건을 무척이나 사랑하는 것 같았다.

잠시 후, 건이 면회실에 모습을 드러냈다. 화영이 득달같이 달려나가 칸막이 사이로 손을 내밀어 건의 손을 덥석 잡으며 울음을 터뜨렸다. "오빠, 힘들지 않아. 보고 싶었어." 화영의 티 없이 맑고 솔직한 애정표현에 건은 쑥스러워하며 빙그레 웃기만 했다.

면회실에서 만난 건은 조금 수척해 보였지만 퍽 안정돼 보였다. 함께 시위현장에서 연행되어 들어온 동료연행자들 안위를 먼저 물었다. 진우도 사실 그것까지는 알지 못했다. 언론에 보도되지 않으면 누구도 알 수 없었다. 그만큼 언론은 권력의 통제하에 있었다. "그간 어떻게 지냈어?" 진우가 물었다. "그런대로 지내고 있어. 처음엔 많이 불편했지만 그것도 적응되니 할만해, 하, 하."

건이 웃었다. 야윈 입가에 주름이 잡혔다. 진우는 건의 말에 적잖이 놀랐다. 지옥체험이라고 할 줄 알았고 못 견뎌 하면 아버지의 입김을 받아들여서라도 동민이 조롱했던 말마따나, 뒷문으로 살짝 나오라고 말하려 했는데, 뜻밖에 그는 견딜만하다고 말했다. 의외의 대답에 진우가 오히려 머쓱했다. 화영은 건의 그런 모습이 무척이나 융통성 없고 가식적이고 주변머리 없는 샌님 같다고 느끼는 것 같았다. 건에게 구치소 생활은 분명 지옥체험일 텐데.

요즘 건은 아버지가 보내준 이정현 변호사의 접견을 받으며 재판 준비를 하고 있다고 했다. 이정현 변호사는 아버지의 후배이고 함께 근무했던 검사 출신 시국사건 전담변호사라고 말했다.

첫 공판 기일이 잡혀있어 변호사와 자주 접견하면서 재판 절차에 대해 의논하고 있는 중이었다. 이 변호사는 건이 법조계 유력인사 즉 선배의 아들이라는 것을 알고 다각도로 도움을 주려 하는 것 같았지만, 건은 한사코 법조항에 없는 배려는 거부하는 것 같아 보였다. 변호사와도 일정 부분 거리를 두고 자신이 알고 있는 원칙대로 끌고 가려 해 변호사와 다소 충돌을 겪고 있는 것 같았다.

건은 변호사의 서면준비도 꼼꼼히 체크한다고 했다.

법적 논점을 균형감 있게 지적하면서 특히 학생운동에 가담하게 된 동기에서 심한 충돌을 겪고 있었다. 변호인 측에서는 맹목적으로 주체사상, 반체제 좌경화 의식에 물들었다. 거기에 반성문이나 전향서 같은 급진 반전을 요구했다. 하지만 건은 그런 왜곡되고 편향적인 회유는 단 한 줄도 받아들일 수 없다며 완강히 거부했다.

끝까지 학생시위는 독재 권력에 항거였고, 헌법에 보장된 국민의 주권행사 즉 국민에 의한 직접 선거 실시 요구였다고 학생운동의 순수성과 정당성을 주장했다. 뿐만아니라, 검찰 측의 논고문까지 입수해서 꼼꼼하게 체크했다. 꼭 필요한 부분 외에 공소장 일본주의에 어긋나는 내용, 가령 법원에 예단이 생기게 할 수 있는 서류나 기타 물건을 첨부하거나 그 내용을 인용한다거나 반박할 소지가 담겼거나 가정환경 등 사족 같은 내용은 철저하게 배제시키자고 했다.

말하자면 재판관에게 특정 방향의 심증을 형성하게 하거나 냉철한 판단에 영향을 미치게 하는 일체의 기록들을 삭제하라고 했다. 가정환경이나 특히 아버지의 직업을 기록, 공소장에 장황하게 적어 심증의 방향을 유도했다면 공소장 일본주의를 위배한 것이 된다. 아직 배워가는 법학도로서 교과서에서 배운 대로 어떤 작은 법 조항 하나라도 위배 되고 싶지 않다는 때 묻지 않은 순수가 읽혔다.

건은 아버지의 배경을 철저하게 차단하고 동료연행자들과 같은 법정에서 공정하게 심판을 받겠다는 의지를 보여주었다. 아버지의 권력 앞에 알짱거리는 공안검사 나부랭이들의 회유나 설득에도 전혀 흔들리지 않고 철창 안에 있었다.

함께 연행된 동료들을 남겨두고 자신만 나올 수 없다는 것이었다. 그들이 자신을 필요로 했건 자신이 자발적으로 정의감에 사로잡혀 뛰어들었건 그건 하등 문제로 삼을 필요 없다는 것이었다. 진우는 그런 건이 순수하고 정의로워 보이기도 했다. 진우는 건의 그런 모습을 보면서 건을 친구로 둔 게 자랑스러웠다.

하지만 화영의 생각은 달랐다. "그래 오빠 잘났어. 대한민국 검찰 수장 아들 알고 보니 황희 정승 나으리가 환생하셨네." 화영은 건을 향해 힐난을 퍼부었다. 현실 감각 없이 세상을 책으로만 익힌 치들, 현실에 적응하지 못하는 치들이 어설프게 흉내나 내는 양심, 정의, 우정, 신의, 공정 따위 화영은 성건을 향해 과장되다 싶게 화를 냈다. 진우가 민망했다. 다른 동료 생각할 계제가 아니다. 좌고우면할 게 뭐 있어. 화영은 당연히 건만은 재판에 넘겨지기 전에 검사의 기소 유예로 풀려날 거라고 믿었던 것 같았다. 건은 그런 화영의 말을 듣는지 마는지 얼굴표정 하나 바뀌지 않고 고개만 숙이고 있었다.

진우는 도대체 누구의 생각이 이 시대에 필요한 생각이고 행동일지, 건은 화영이 회유하듯 쏘아붙이는 말에 전혀 개의치 않은 것처럼 아무런 대꾸도 하지 않았다.

"오빠, 그렇게 바보야. 이미 연대가 형성된 전대협에서 오빠를 끌어들인 이유가 뭐겠어. 전략상 오빠의 배경이 필요했던 거 아니야. 그런 불순한 의도를 가진 그들까지 끌어안고 공멸할 수는 없잖아. 그들은 어차피 오빠를 이용하려 한 치들이야."

화영의 말에는 건이 빨리 나와 함께 공부하고 사랑을 키워가고 싶은 의도가 들어있었다. 그만큼 건을 사랑하는 마음이 짙게 배어있는 것 같았다.

"건아, 침몰하는 난파선에서도 살아나온 놈은 살아 나

온다. 아무 생각 말고 주어진 현실을 받아들이면 안 되겠니?"

두 사람의 설전을 지켜보다 진우가 한마디 거들었다. 건이 어떤 방향으로든 이 난국을 현명하게 헤쳐 갈 거라고 믿지만, 난세일수록 강인해지는 노련한 지략가처럼 기지를 발휘하라고 말하고 싶었다. "그런 말 하려거든 돌아 가!" 건이 버럭 소리를 질렀다.

사실 화영이나 건은 시국이나 데모 같은 것들에 대해서는 무풍지대라 할 수 있는 환경에 들어있었다. 태어날 때 이미 주어진 배경이라는 날개에 자신의 두뇌라는 날개 하나를 더 보태면 날개의 힘은 더 탄탄해지고 더 멀리 더 높이 나는 새처럼 웅비할 수 있을 텐데. 건의 태도는 순수 청춘의 때 묻지 않은 정의감인지 화영의 비난처럼 융통성 없는 샌님인지 모호하긴 했다.

성건은 남보다 우위적이고 인간이 굴절 없이 품격을 유지하면서 성장하기에 최상의 옥토에 태어났다. 그의 아버지는 사법 권력의 중심에 서 있는 사람이었다. 건은 그런 아버지를 내세우거나 자랑스러워하거나 하지 않았다. 알게 모르게 비춰지는 아버지의 후광을, 열어주는 지름길을 한사코 뿌리치면서 스스로 낮은 곳에서 평범한 사람들과 함께 가는 길을 택했다. 따라서 국방의 의무도 학부과정 중에 수행하고 학교로 돌아온 사실 따지고 보면 지극히 보편적이고 당연한 과정들이었지만 그가 지닌 배경과는 다소 이질적인 행보처럼 생각되기도 했다.

그런 그를 가리켜 친구들을 의식이 건전하다거나 깨어 있는 지성인이라거나 괴짜 철학자, 정의의 사도다, 평등주의자다, 우호적 찬사를 붙여주기도 했지만, 삐딱한 시선으로 바라보면서 비판하기 좋아하는 친구들은 가진 자의 권태거나 오만이라고 말하기도 했다. 그는 주위의 평판에는 그다지 흔들림 없이 꿋꿋이 자신의 소신대로 행동했다. 아버지의 성공은 아버지의 것, 자식인 자신이 빌붙어 후광이니 역광이니, 노력 없이 얻은 호가호위를 경계했다.

그것이 그의 생각에서 우러나온 철학 같았다. 누구의 충고도 받아들여질 것 같지 않았다. "그래 건아 네 말이 백번 맞는 말이야. 당당하게 법의 심판 받아. 재판 날 우리도 참관할게." 진우는 건의 당당하고 여유 있는 모습을 보니 마음이 놓였다. "그럴 필요 없어. 화영이 너도 올

거 없어. 재판은 비공개로 진행해 달라고 요청할 거야. 그것만은 재판부도 받아들여 주겠지." 건의 의지가 확고부동해 보였다. 어떠한 위안의 말이나 위로도 무의미하게 들릴 것 같았다.

화영은 성건에게 자신에게 주어진 특혜를 받아들이라고 다그쳤고, 건은 화영의 생각을 이해하지 못하고 전혀 따르지 않을 것처럼 보였고, 두 사람 사이에 타협점이 보이지 않았다. 결국 화영과 건의 생각의 방향은 상당한 거리를 두고 대치하고 있다는 것만 확인하고 구치소를 나왔다.

돌아오는 길에도 화영은 건의 처신에 대해 비난했다. 화영은 건을 이해하지 못했고, 주어진 기회마저도 날려버릴 얼뜨기, 좌경화 의식만 깊이 세뇌되어있는 것 같다며 혼란스러워했다. 인제 보니 현실 부적응자라고 단정적으로 몰아가기까지 했다. "부모가 베풀어 준 모든 은혜를 그런 이유로 거부한다면 은혜 아닌 게 뭐가 있겠어. 먹고, 입고, 공부하고, 하는 게 다 부모가 제공해준 혜택아니야. 솔직히 말해, 부모 잘 만나 태어난 것도 신의 특혜 아니냐구."

그 후로도 화영은 건의 면회를 자주 신청했다. 어떻게든 빨리 건이 풀려나오기를 기대하는 것 같았다. 그럴 때마다 진우에게 동행하자고 했고, 진우도 거절하지 못했다.

화영은 면회를 마치고 나올 때면 건의 흔들리지 않은 태도에 지쳐가는 것 같았다. 솔직한 표현으로 분명히 아버지의 권력을 이용하면 석방되는 건 문제도 안 될 텐데, 왜? 옹고집을 부리는지, 부모나 연인 관계인 자신을 좀 생각해서 이번 한 번만 눈 딱 감고 아버지의 능력을 빌리면 안 되겠느냐며 입에 거품을 물고 흥분했다. 건을 국보급 순수 얼간이라고 비아냥거렸다.

"이 혼돈의 시대에 예상 밖의 변절과 배신자들이 넘쳐나는데 오빠처럼 순수 우정만 고집하고 복잡한 학생 동맹 같은 데 목숨을 걸어야 하느냐고 언제까지 이러고 있을 거야. 이 꼴이 도대체 뭐야 오빠. 이럴 때 아버지의 찬스를 쓰면 안 돼! 부모 잘 만난 것도 스펙이야. 자신의 능력만으로 되는 게 뭐 그리 많을 줄 알아. 자신의 능력과 부모의 찬스가 복합적으로 이루어져야 꽃길이 열린다고."

화영은 건을 보자 울먹이듯이 아버지의 후광을 받아들

이라고 말했다.

"그렇게밖에 생각 못 해. 넌, 같은 생각으로 의기투합
했던 친구들이, 주모자급이건 단순 가담자 건, 아직 이곳
에 있어. 누구도 풀려났다는 말 못 들었어. 세상은 나만
보고 가는 게 아니야."

건은 화영을 나무라듯이 말했다.

"뭐, 이념이 같은 인간들이라고. 쥐뿔도 없으면서 머
리만 좋은 치들, 부모 스펙 하나 빌릴 것 없이, 제 딴에
는 머리 하나 믿고 여기까지 달려와서 오빠 같은 금수저
들과 합류했을지 모르지만 끝까지 함께 갈 수는 없어. 머
리는 다 좋아. 머리 좋은 건, 그냥 잠깐 공부하는데 편
리했을 뿐, 딱 거기까지야. 교수님 강의 내용 까먹지 않
고 응용하고 시험 답안 잘 맞추고… 다음부터는 부모 찬
스야. 부모 찬스 없이 치열한 경쟁에서 끝까지 우위를 지
키면서 따라올 수는 없어. 어차피 중도 탈락할 수밖에 없
다고!"

화영은 건을 설득해 보려고 자신의 생각을 여과 않고
원색적으로 드러내면서 건을 세차게 몰아붙였다. 그럴수
록 건은 화영의 필터링 되지 않고 뱉어대는 말에 거부감
이 느껴지는지 인상이 구겨졌다.

돌아오는 길에도 화영은 진우에게 들어보라는 듯이 건을 심하게 힐난했다. "저 혼자 깨끗한 척 다하고 뭐 우정, 신의… 그게 그렇게 중요해, 부모나 사랑하는 연인에게 얼마만큼 걱정을 끼치는 행동인지 헤아릴 줄 모르는 머저리 중에 상 머저리." 흥분했다. 그러던 중에도 눈에서는 눈물이 그렁그렁했다. 사랑하는 오빠를 구치소에서 만나야 하는 자신이 너무 비참하다고 했다. 이대로 이 관계를 유지해 나가야할지 회의마저 든다며 눈물을 찍어냈다. 건의 생각이 확고할수록 화영은 스스로 흔들리는 것 같았다.

건이 나와서 예전처럼 화영과 연인 관계를 이어갈 수 있을까. 두 사람 사이에 균열이 생겨나고 있다는 것이 감지되었다. 서로 좋은 생태계에서 자라왔지만 어떤 계기에 의해 다른 환경에 처해지자, 전에 몰랐던 각자의 생각과 추구하는 가치관이 대척을 이루고 있다는 사실만 확인이 된 것 같다. 그들의 주장은 그렇게 평행선을 이루고 있었다.

또 2차 시험일이 서서히 다가오고 있었다. 혜란은 넘

을 수 없는 막막한 산처럼 아득하게만 느껴졌다. 이번 2
차 시험은 위태롭게 남은 마지막 기회였다. 이 기회마저
실패로 돌아간다면 더 생각할 것 없이 꿈을 접고, 짐 싸
들고 집으로 들어가야 한다.

밥맛도 잃어갔다. 진우가 가끔 불러내 밥을 사주었지
만, 당기지 않았다. 그의 호의에도 고맙다거나 감사하다
는 생각이 없었다. 백치처럼 멍했다. 정체를 알 수 없는
불안감과 무력감이 때때로 밀려오고 검은 공포 같은 죽음
이 눈앞에 다가와 있었다. 가슴이 두근거리고 호흡이 멎
을 듯 숨을 쉴 수가 없었다.

손이 떨려 제어가 안 되고 쥐고 있는 볼펜이 바닥으로
떨어지기도 했다. 간헐적으로 나타나는 두통도 혜란을
괴롭혔다. 신경안정제를 사 먹으며 잠깐 잠깐의 약효에
고통을 잊고 법전을 들여다보고 있었다.

진우가 눈치를 챈 것 같았다. 심한 강박이 불러온 공
황장애 같다고. 병원에 가 보라고 권했다. 혼자 가기 어
려우면 같이 가 주겠다고 했다.

혜란은 약국에서 약을 사 먹으면서 의지로 견디어내겠
다고 말했다. 병이 의지만으로 치료가 되겠느냐며 괜한
고집 부리지 말고 병원에 가서 정확한 진단을 받아보라고

권했다.

진우는 요즘 화영과 함께 건의 면회를 다니느라 시간을 많이 빼앗긴다고 투덜거렸다. 화영이 혼자서 구치소를 가는 게 어려울 것 같아 동행을 해주고 있긴 하지만… 어쨌거나 지금으로서는 건이 화영의 충고를 받아들이는 게 자신에게도 좋을 것 같은데… 라며 말끝을 흐렸다. 진우가 정의의 사도처럼 보였다. 진우는 친구 중에서 독보적 존재였다.

타인을 배려할 줄 알았고 친구의 어려운 사정을 외면하지 못했다. 동민이 돈을 빌려가고 갚아주지 않아도 채근하지 못했다. 아무래도 동민에게 여러 차례 돈을 꾸어주고 받지 못한 것 같은데 함구했다. 친구들 보다 먼저 돈을 벌고 있으니까, 30대에 번 돈은 내 돈이 아니다 나누어 써야 할 돈이지, 진우는 가끔 웃으면서 그렇게 말했다. 그건 아직 부양해야 할 가족이 없어, 의무가 수반되지 않은 돈이어서, 지금이 남을 돕기에 자유롭다는 말인 것 같았다.

시골 초등학교 교장을 역임하신 아버지의 퇴직이 얼마

남지 않았지만 자신은 벌써 자립했고, 부모님들도 교원 연금으로 노후 생활 할 거니까, 부모님 생활비 보내드릴 부담도 없는 지금이, 시간적으로든 경제적으로든 가장 자유스러운 때라고 했다. 자신의 본가 얘기는 잘 하지 않은 편인데 모처럼 속마음을 털어놓았다. 진우는 지금의 강사 수입만으로도 퍽 여유로워 보였다.

진우의 경제 개념은 노블레스 오블리스였다. 그래서 누구도 진우를 좋아하지 않은 친구가 없었다. 진우의 그런 면이 친구의 구원요청을 거절하지 못하는 성건과 닮은 점이었다. 그 둘이 지닌 포용심, 정의감, 그런 마음은 아무래도 태생적인 것 같았다.

혜란은 진우와 헤어져 곧장 고시원으로 돌아와 법전을 펼쳤지만 검은 글씨가 검은 점으로 나타나 보이고 머리가 띵했다. 그대로 책을 덮었다.

해 질 녘, 진우가 고시원으로 찾아왔다. 늘 전화로 불러내 밖에서 만났었는데 이렇게 불쑥 혜란의 고시원으로 찾아온 건 처음이었다. 더구나 누추한 고시원으로, 진우는 조금 취해있었다. 딱히 할 얘기는 없는 것 같았다. 낮에 점심 먹으면서 했던 말이 되살아났다. 공황장애, 병

원에 가봐라, 멀뚱히 혜란을 바라볼 뿐 입을 열지는 않았
다. 혜란은 진우의 의중을 알아차리지 못했다. "내가 오
늘밤 너에게 줄 사랑의 묘약을 가져왔지." 지금까지와는
확연히 다른 모습이었다. "실없는 소리 하지 마, 말장난
할 기운 없어." "그래 믿지 못하면 행동으로 보여주지."
진우가 수줍게 웃었다. 그리고 앞장 서 방으로 들어갔다.

　방으로 들어온 진우는 혜란을 와락 끌어안았다. 더운
열기를 혜란의 얼굴에 쏟으며 섹스를 요구했다. 그것이
사랑의 묘약이라고 말했다. 진우의 요구는 완곡하게 절
제되었지만 의사 표현은 작심한 듯 분명했다.

　사랑하는 남녀 사이에 일어나는 정신적 감정에, 물리
적 호르몬이 결합 되는 섹스행위는 무력증, 매너리즘을
한 방에 날려버리는 묘약이라고 속삭였다. 사실 진우의
제안은 느닷없는 것은 아니었다. 둘은 이미 마음으로 하
나처럼 친밀하게 밀착되어있었다. 혜란도 거부하고 싶지
않은 진우의 요구였다. 어쩌면 이 시간을 기다리고 있었
을지도, 날려버리고 싶지 않은 기회였다. 마음은 이미 무
너져 내리고 있었다. 함께 관통해온 혼돈의 시간들, 같은
지점을 바라보며 달려온 두 청춘 남녀는 이미 하나로 엮
어있었다.

긴 시간 가까이에서 지켜봐 준 혜란에 대한 사랑의 표현이고, 젊은 날의 때 묻지 않은 순수한 애정이라고 믿고 싶었다. 억압된 리비도는 정신적으로도 긴장감을 높이고, 신체에도 많은 스트레스가 된다고 고시생들 사이에서는 넓게 퍼진 은밀하면서 신비로운 신화였다.

사랑하는 청춘 남녀의 성관계 시 분출되는 엔돌핀과 정신적 친밀감까지 보태어 만병을 치유하는 묘약이라는데, 혜란도 눈앞에 다가온 기회를 내숭으로 날려 버릴 만큼 젬병은 아니었다. 제도적 통념에 스스로를 속박시킬 필요는 없었다. 그것은 성적 방종과는 확연히 구분되어지는 젊음의 건강한 에너지의 분출이라고 믿고 있었기 때문이었다.

혜란도 진우를 힘껏 끌어안았다. 둘은 하나처럼 엉켜서 바닥으로 쓰러졌다. 신이 허락한 공간에서 둘은 하나가 되고 모처럼의 혼돈이 사라진, 순백의 태고 속에서 영혼들은 무아를 유영했다. 무의식 공간에 깃든 두 영혼의 변주 같은 격렬한 몸짓들이었다. 젊음의 성적 에너지를 뜨겁게 분출시키고 나른한 피로가 몰려왔다.

두 사람은 천장을 응시한 채 의식의 불능 같은 정지된 시간 안에 갇혀있었다. 방 안에 퍼지기 시작하는 어둠의

윤곽 사이로 부유하는 빛의 입자들, 비밀이 해제된 두 육체 위로 낡은 모포 같은 어둠이 서서히 내려앉고 있었다.

몇 시쯤 되었을까. 어디쯤 있는 방인지 거리도 방향도 가늠할 수 없는 곳에서 삐, 삐, 삑 도어 락 푸는 소리가 났다. 통로에서 들려오는 꽁지발 소리가 불안하게 들렸다. 진우가 일어나 시계를 보았다. 학원 강의 나갈 시간을 체크 하는 것 같았다. 옷을 주섬주섬 챙겨 입고 방문 밖으로 나가는 진우의 뒷모습이 보였다.

오래된 책들이 산더미를 이루고 무질서하게 쌓여있는 혜란의 고시원 방, 습기 먹은 책들이 뿜어내는 묵은 냄새, 벽 너머에서 들려오는 오디오의 작은 음악 소리, 통로 저편에서 들려오는 방문 여닫는 소리, 발꿈치를 들고 걷는 꽁지발의 부자연스러운 소리, 화장실에서 물 내리는 소리, 밖에서 흘러드는 소리들에 귀가 더 예민해져 있었다.

혜란은 사랑의 명약이 약효를 나타내기를 기다리며 그대로 누워 있었다. 엷은 공허가 밀려 왔다. 책상 위에 아무렇게나 놓아둔 '형법 개론' 양장본 '형사소송법' '형법의 구성요건' 진우가 주었던 책들이다. 깊은 사유를 요구하는 책, 이해가 어려운 책들은 시간 나는 대로 두고두고 보리라 생각하고 따로 정리해 두었다.

혜란은 집중적으로 파고들었지만 잘 해득되지 않아 진우에게 여러 차례 묻기도 했다. 진우는 비교적 소상히 설명해주었다.

책들은 방금 전 일어났던 상황들을 다 보았다는 듯 음흉하게 내려다보고 있었다. 그 옆으로 혜란이 써놓은 '우울증 치료제 하루에 한 알' 글씨가 어둠 속에서 선명하게 다가온다. 혜란은 손을 뻗어 내려다보고 있는 책들을 집어 들어 책상다리 밑으로 처박아버렸다.

그 후로도 진우는 시험 준비 기간 내내 혜란의 곁을 지켜주었다. 그만큼 섹스의 빈도도 잦아졌다. 사랑의 표현은 이제 언어만으로 부족했다. 몸으로 행위로 옮아가고 서로의 마음을, 존재를 몸으로 익혔다.

디오니소스적 밤의 시간이 되면 차가운 이성이 두꺼운 표피 속으로 침잠하고 억제되지 못한 젊음의 욕망이 서로를 찾았다. 진우가 문자를 했고 자석처럼 당기고 끌려 장소를 모텔로 옮겨가며 섹스를 가졌다. 진우는 달구어진 뜨거운 입술로 귓불을 핥으며 절정감에 도달할 만큼 능숙해져 갔다.

아침이 되면 우리는 또 말간 얼굴로 태양을 맞이하고 도서관에 박혀 법전을 뒤적이며 법 구절을 해득하느라 머리에 쥐가 날 것이다. 종일 같은 박자로 밀려왔다 밀려나가는 파도소리처럼 무료함에 갇힌 고시생에게 섹스는 건조한 사막에 내리는 스콜처럼 소생할 생기를 주었고, 새로운 세계를 열어주었다. 혜란은 얼마 남아있던 항우울제를 쓰레기통에 버렸다.

혜란에게 생리주기를 체크해야 하는 새로운 임무가 시지프스의 형벌처럼 따라왔다. 고시생에게 부과된 아슬아슬하고 위태로운 미션을 수행하면서 서로에게 중독되어 갔다.

불현듯 진영이 생각났다. 진영을 못 본 지도 꽤 오래된 것 같았다. 가끔 진영과 함께 생활했던 때가 그립기도 했고, 너무 빨리 헤어지게 되어 아쉽기도 했다. 전화를 할까, 키패드를 눌렀다가 지워버렸다. 혹 시험을 앞둔 시기라 불러내 만나고 싶다고 말하기도 여간 신중했다. 고시 준비생들은 현실 속에 살아가지만 의식은 각자의 플랜에 갇혀 현실과는 이격된 생활, 단절과 개인화에 익숙해져 있다. 서로의 시간을 아껴주고 휴식을 방해하지 않으려는 배려차원이다. 전화를 잘하지 않는다. 고시촌에 불문율처럼 고착되고 지켜지는 관행이기는 했다.

진영을 만나 피임에 대해 묻고 싶었다. 긴장을 이완시키려 섹스의 빈도가 잦아질수록 임신에 대한 불안도 따라왔다.

진영에게 전화를 걸었다. "진영아, 우리 맥주나 한잔할까?" 혜란이 진영을 불러냈다. "그래 우리 얼굴 본 지도 오래됐다." 진영은 그렇지 않아도 만나고 싶었다는 듯 흔쾌히 응했다. 진영과는 관심사나 공유하는 정보가 많았지만 자주 만나지는 못했다. 여전히 진영의 얼굴 표정은 밝아보였다.

"어떻게 수험준비는 돼가나?" "그렇지 뭐." "난 이번이 마지막 기회야." "피차 같잖아." 진영은 말은 그렇게 했지만 표정에서는 시험에 대한 불안감을 느낄 수 없을 정도로 밝고 당당했다.

혜란은 잠시 머뭇거리다 말하기 어려운 문제를 꺼내놓았다. 진영은 배란주기를 체크 하는 방법이 가장 부작용이 적은 피임법이라고 했다. 서로를 좋아했고, 서로가 원해서 가졌던 관계라면 그것마저도 존중하고 인정해야 한다라고 진영은 달인처럼 말했다. 젊은 청춘기의 성적 욕망은 자연스러운 젊은 에너지의 분출이라며 과도하게 억제시키는 것은 오히려 정신건강에 나쁜 영향을 끼치고 중장년이 되었을 때, 성도착에 빠지게도 한다고 당당하게 덧붙이기까지 했다.

진영과 혜란 사이의 대화는 가벼운 관심사건 무거운 논제건 늘 혜란이 묻고 진영이 답해주는 구도였다.

"혜란아, 진우 씨와 화영이 저렇게 건의 면회를 다닌 거 넌 아무렇지도 않아." 진영이 그 말을 하려고 나왔던 듯, 진지한 얼굴로 말했다. 혜란은 조금 당황스러웠다. "화영이 함께 가 줄 마땅한 친구가 없어서라고 하던데." 혜란은 침착하려 애쓰면서 태연히 말했다. "혜란아, 정말 그 말 곧이곧대로 믿는 거야?" "사실 건 씨와 진우 씨가 절친이지 않니." "그래서 진우 씨와 화영 씨가 절대 사랑에 빠질 일 없다는 거야. 사랑은 움직이는 거야. 너무 자주 만나는 것 같지 않아. 아무리 건 씨의 면회 때문이라지만 중요한 건 목적이 아니라 횟수야. 남녀 사이의 빈번한 만남이 꼭 그렇게 목적대로만 가는 게 아니라는 거, 떠도는 게 사랑이고 인간의 감정이지." 진영은 혜란이 모

르고 있을 거라 생각했는지 우정 충정에서 알려준다는
듯, 낮은 목소리로 조곤조곤 일깨워 주었다.

　진영은 민욱과 함께 살고 있었다. 양가 부모님도 다
알고 승인해 준 관계였다. 합격하면 곧 결혼할 거라고 하
면서 둘은 도서관이고 학원이고 밥을 먹을 때도 같이 먹
고 운동을 할 때도 늘 함께 붙어 다녔다. 책도 사서 같이
돌려 보고 취약한 부분은 서로 채워주기도 하면서 사랑과
실용을 겸한 퍽 안정된 가운데 고시준비를 하고 있었다.
그래서 지금까지 어떤 방법으로 피임을 해오고 있는지 알
고 싶어서 만나자고 한 건데 이야기가 다른 방향으로 걷
잡을 수 없이 흘러가고 있는 것에 대해 혜란은 몹시 혼란
스러웠다.

　진영의 그 말은 모호하면서 혜란의 의식을 휘젓고 가
슴을 후벼팠다. 아차, 그래서 차를 새로 뽑았을까. 화영
을 옆자리에 태우고 건이 구치소 면회 다니려고…

　지난 주말에 진우가 차를 뽑았다면서, 이제 본격적으
로 학원 강의도 나가야 하고 무엇보다 수입이 좋아진 게
큰 이유겠지만, 차가 꼭 필요할 것 같아, 소형이긴 해도
아직 대형차 몰고 다니기엔 허세 부리는 것 같아 소형차

를 샀다며, 혜란을 태우고 청평 호수 별장에 나들이도 다녀왔다. 혜란의 시험을 앞두고 긴장감을 해소시켜주려 신경을 써 주었던 진우의 모습을 떠올려보았다. 하지만 진영의 의혹 어린 충고 앞에서 의혹은 의혹을 부르고 불안이 스멀스멀 피어올랐다. 가슴으로 형용하기 어려운 공허가 고여 들고 있었다. "아아, 모르겠어. 갈 테면 가라지 뭐." 혜란은 그렇게 호기롭게 말했다. 사실은 불안을 숨기려는 어깃장이었다. "뭐라고 갈 테면 가라고." 진영은 뜻밖이라는 듯, 눈을 치뜨며 혜란을 쏘아보고 있었다. "포기야? 체념이야? 아니면 자신감, 오기, 말하자면 합격만 되면 미모와 실력으로 더 좋은 남자를 만날 수 있겠다는 배짱, 뭐 그런 거?" 진영은 꽤 진지하고 심각하게 복기시키며 다그쳤다. "다야, 다!" 혜란은 자신의 머리를 쥐어뜯으며 자해라도 할 것처럼 히스테릭해져 있었다. 미쳐버릴 것 같았다. 진우가 떠나 버린다는 가정은 혜란에게 죽을 것 같은 절망이었고 모든 것이 다 빠져버린 허무였다.

"진영은 진즉에 느끼고 있었지만, 혜란이 먼저 알아차리고 화영더러 건의 면회에 진우를 동행하지 말라고 강경하게 말했어야 하지 않았을까. 사랑하는 사람을 지키기 위해 최소한의 방어선은 구축했어야지. 긴장되지도 않아, 사랑하는 연인으로서 상대에 대한 직무유기이고, 자신에 대한 방기야." 충고인지, 불안을 조장하는 건지, 진영은 혜란을 꽤나 강경한 어조로 닦달했다.

"그렇담 진우에게는 기회일지도 몰라. 화영은 진우에게 꽃길을 열어줄 여자잖아." 혜란은 뒤죽박죽 생각들이 엉켜버렸다. 앞뒤 맥락 없이 아무 말이나 내뱉고 있었다. "애 좀 봐, 사랑을 선심 쓰듯 말하네. 사랑은 쟁취하는 거야, 사랑에는 양보도 포기도 없는 거야." "그렇다고 한들 진우를 붙잡을 면목도 없고 진우의 마음이 움직이는 걸 주시하고 있을 뿐, 확인할 염치까지는 없어. 확인해 보려고도 하지 않을 거야, 그건 내 자신이 너무 초라해질 것 같아." 혜란은 급기야 탁자 위에 얼굴을 박으며 눈물을 쏟는다. 진영은 입을 다물었다. 진영은 혜란이 지금 마음의 병을 앓고 있어 무척이나 무기력해졌다는 생각이 드는 것 같았다.

혜란의 얼굴 어디에서도 자신에게 가해지는 어떠한 부당한 대우에도 대적할 힘이 없어 보였다. 그저 울음으로 가슴의 응어리를 풀어낼 뿐, 진영이 일어나면서 "시험 잘 보고 좋은 결과 만들어서 다음에 만나자." 말을 남기고 밖으로 나가버렸다. 자리에 홀로 남겨진 혜란은 한참을 멍하니 자신의 눈물자국으로 얼룩진 탁자 위를 응시하며 앉아있었다.

그날 이후로 두 사람 사이가 서먹해졌다. 혜란도 전화하지 않았고, 진영 역시 전화를 걸어오지 않았다.

혜란은 가뜩이나 몸도 마음도 움츠러져 있는데 진영이 일깨워 준 진우와 화영의 행적들이 마음의 파란을 불러일으킨다. 사랑의 번민, 사랑이 시작되는 순간 괴로움도 시작된다고 알고 있었지만, 정작 진영이 일깨워 준 의혹들은 혜란에게는 쉽게 벗어날 수 없는 번민이었다.

진영은 친구로서 혜란과 진우의 사이에 균열이 생기고 그 틈에 화영이 끼어드는 것을 그냥 묵과할 수 없다고 여긴 것 같았다. 그녀의 말대로 우정 충정에서.

혜란은 고시원 방에 누워있었다. 시험을 치르고 발표를 기다리는 이 시간이 고시생들에게 어영부영 흘려보내는 균열된 기간이다. 시험을 어떻게 치렀는지 통 생각이 나질 않는다. 답을 뭐라고 썼는지, 기억이 나질 않았다.

다른 친구들은 시험을 잘 치렀을까. 시험에 대한 불안에
다 진우의 마음을 잃을까 하는 불안까지 겹쳐 눈을 떠도
눈을 감아도 눈앞은 온통 회색빛 절망이었다.

진우가 보고 싶다. 마지막 시험을 치르고 온 날도, 진
우가 불러내 저녁을 사주었다. 그날 진우의 태도에서 어
떤 변심의 징후는 없었다. 이번 합격하면 양가 부모님들
찾아뵙자고도 했다. "이제 시험이 끝났으니 홀가분하게
쉬어라." 말을 남기고 진우는 바쁘다며 돌아서 갔다.

그리고 그 후로는 연락이 없다. 꽤 오래 된 것 같은데,
혜란은 진우가 눈앞에서 사라지면 불안했다. 예전처럼
혼자 있어도 들리는 것 같은 진우의 목소리도 들리지 않
고 남겨진 언어에서 되새김질도 일어나지 않았다. 여운
으로 남겨진 신비성이 사라지고 그냥 진우가 곁에 있어주
면 편안했고 사라지면 불안이 찾아왔다.

날짜를 헤아려 보았다. 지난주 내내 만나지 못했다.
화영과 함께 또 성건의 구치소 면회를 갔을까. 혜란도 이
제 진우를 생각하면 화영이 함께 떠올려진다. 불쾌한 연
관 인물이다. 위태로운 존재들이다. 허상이 혜란을 괴롭
히기 시작하고 스스로 그려놓은 어둠의 시나리오에 갇혀

있었다.

　성건은 왜 감방에 있기를 자처하는 걸까. 그가 빨리
석방되어 나와야 할 텐데, 그러면 진영의 말처럼 진우가
오직 나만 바라보고 나에게만 집중할 수 있을 텐데.
　성건의 면회를 구실로 진우와 화영이 자주 만나는 게
차츰 불쾌하게 느껴지고 있었다. 언제까지 진우가 건의
면회에 동행해야 한단 말인가. 한두 번으로 끝날 줄 알았
는데, 성건의 면회를 계기로 둘은 빠르게 밀착되어가는
것 같은 기류를 혜란도 미세하게나마 느껴지고 있었지만
딱히 말로 구체화시켜서 드러내기에는 옹졸한 것 같아 자
존심이 허락하지 않아 지켜보면서 이성과 냉정, 그 너머
에서 스멀스멀 피어오르는 불편하고 불쾌한 감정, 섬광
처럼 번뜩이는 직관, 진우와 화영이 어쩌면 조금씩 그 거
리를 좁혀가고 있을지도 모른다는 막막한 망상이 차츰 그
몸피를 키워가고 있었다. 정말 진영의 우려대로 진우와
화영이 사랑하게 된다면 그건 혜란으로서는 상상하기도
싫은 태양이 사라진 어둠의 시나리오였다. 진우를 정말
이지 잃고 싶지 않았다.

시험에 대한 숨 막히는 압박감에서 풀려났다지만 그렇다고 마음 놓고 있기에는 발표에 대한 기대도, 포기도 할 수 없는 어정쩡하게 불안을 배태한 휴식기이다. 합격하면 양가 부모님 찾아뵙고 인사드리자던 진우의 말이 내내 귓가에서 맴돌고 가슴을 옥죄어든다. 만약 합격하지 못한다면 잃어야 할 것들, 합격과 불합격 사이에 놓인 간극의 거리는 아득하다. 결과를 알 수 없는 불안한 시간들은 더디게 흘러갔다.

혜란은 밖으로 나왔다. 거리가 한적했다. 고시촌이 잠시 휴면기에 들어가 있는 느낌이다. 관악산 둘레길을 혼자서 걸었다. 가을이 내려앉은 관악산 둘레길에 메마른 바람이 스치자 탯줄처럼 붙잡고 있던 가지에서 나뭇잎들이 우수수 날린다.

지난여름 태풍에도 붙잡고 있었던 잎들을, 이제는 스치는 바람에도 미련 없이 떨쳐내는 것을 보니, 탯줄로 이어진 인연도 때가 되면 놓아야 하는 게 자연이 우리에게 일깨워 준 숨겨진 법칙인가.

며칠 전, 관악산에서 변사체 발견, 변사체의 신원 확인 결과 '고시 준비생 지동민'으로 밝혀져 우리는 심한 충격에 휩싸였다. 소문은 곧바로 신림동 일대에 퍼져 나갔고, 무겁고 스산한 분위기는 아직도 정체되어 있다.

정상으로까지 이어진 둘레길이 아득하게 보였다. 가끔 틈날 때면 진우와 함께 거닐었던 둘레길, 동민은 걸어서 올라갔던 이 길을 구급차에 실려 내려와 서울 근교의 화장장에서 한 줌의 회백색 재가 되고, 유골함에 담겨 그의 젊디젊은 아내에게 안겨졌을 것이다. 이제 우리가 이 길을 무심한 마음으로 거닐 수 있을까, 우리의 추억이 서린 이 둘레길을…

혜란도 지난번 고향의 오빠가 했던 말이 가시처럼 가슴에 걸려, 때때로 고개를 들고, 각성을 주기도 하지만 때로는 각성을 넘어 불안과 강박을 불러일으킨다.

영석 오빠의 말처럼 판, 검사 아니라도 세상에 할 일은 많다. 자기 후배 강성탁의 신선초 작목의 성공신화는 무시로 되풀이 되던 오빠의 레퍼토리였다.

그만 리플을 멈추게 하려면 꼭 붙어야 하는데, 생각이 거기에 닿으면 가슴에서 끓어오르는 불안, 그리고 공허, 허무, 절망, 혜란은 약을 찾았지만 주머니 안에 약이 없었다. 급히 나오느라 챙겨오지 못했다. 한동안 끊었던 약을 다시 복용하고 있었다.

어디에도 집중하지 못하고. 안절부절 정체를 알 수 없는 불안이 밀려왔다. 진우가 보고 싶다. 약 대신 진우를 만나면 좀 위로가 될까. 솔직히 진우의 따뜻하고 넓은 품에 안기고 싶다. 한동안 연락이 뜸했는데, 지금 어디 있을까. 마침 학원 강의가 없는 날이긴 했다. 폰을 꺼내 숫자를 눌렀다. 혜란이 전화를 거는 건, 흔치 않은 일이었다. 언제나 진우가 전화나 문자를 했고, 혜란은 주로 따르는 게 두 사람 사이에 습관처럼 굳어진 룰이었다.

그만큼 진우의 일상은 공사다망했고 불규칙했다. 신호가 갔다. 진우의 액정에 '강원도 청정미인'이 뜰 것이다. 진우는 혜란에게 그렇게 애칭을 붙여주었고 자신의 전화기에도 그렇게 저장해놓았다. 혜란도 그 애칭이, 진우가 좋아하는 '청정미인'이라면 싫을 이유가 없다. 신호가 한참 울렸을 때 진우가 전화를 받았다.

"진우야, 너 지금 어디야? 만나서 같이 저녁 먹을까?" 혜란이 제의했다. "아, 그래 그런데 어쩌지, 저녁에 학원 원장과 강사들 회식 겸 간담회가 있어, 안 되겠는데. 미안." 진우는 퍽 담백하게 말했다. "그럼 하는 수 없지

뭐, 잘 다녀와." 혜란은 비교적 쿨하게 응대했다. 진우는
다음으로 약속을 잡지도 않았고 전화를 끊었다.

혜란은 섭섭함을 넘어 비애감이 가슴으로 덮쳐오는 걸
느꼈다. 그것은 언어로 드러내면 옹졸하고 눌러 참기에
는 분명 굴욕감 같은 것이 가슴 저 밑바닥에서 출렁였다.
사랑하는 연인에게 자신의 제의를 거절당하면 누구라도
이런 기분일까, 진영이 했던 말들이 의식에서 하나하나
복기 되면서 심한 불안이 휘몰아쳤다. "그래서 진우 씨와
화영이 절대 사랑에 빠질 일 없다는 거야? 너에 대한 진
우의 사랑이 철옹성처럼 절대 무너질 리 없다? 혜란아,
사랑은 살아 움직이는 거야, 떠도는 게 사람의 감정이지.
그러다 안착하는 그곳에 싹을 틔우고." 진영의 말들이 의
식 중에 둥둥 떠다니면서 불안을 증폭시켰다.

혜란은 생명공학관 옆 구내식당 쪽으로 걸음을 옮겼
다. 진영과 자주 왔던 식당이다. 지금은 혼자다. 혼자서
카레 밥으로라도 저녁을 때울 참이다. 한참을 내려오다
뒤를 돌아보았다. 비탈진 캠퍼스 위로 이어진 관악산 봉
우리에 어스름 해 질 무렵의 붉은 노을이 동민의 혼령처

럼 걸려있다. 섬뜩함이 느껴진다. 얼마나 긴 시간이 지나
야 동민의 실체를 지울 수 있을까. 늦가을의 관악 노을은
잔인하게 붉었다.

옷깃을 여미고 구내식당으로 들어갔다. 넓은 홀 안이
조금 한산했다. 카운터에서 식권을 구입하고 자리에 앉
아 기다리기로 했다. 대부분 커플인 듯, 마주 보며 얘기
를 하거나 서로의 얼굴을 사랑스런 표정으로 지긋이 바라
보고 있거나 했다.

혜란은 자리에 앉아 주위를 둘러보았다. 몇 안 되는
커플들 사이로 저만치 진우가 보였다. 그와 마주하고 있
는 여자는 화영 같았다. 긴 머리에 화영이 즐겨 입는 박
쥐의 날개 같은 은빛 망토 트렌치코트가 보였다. 둘은 다
정한 연인처럼 마주 보며 무슨 말인가 열중이었다. 주로
화영이 말을 했고, 진우는 경청하며 고개를 끄덕이다 간
간이 입가에 신선한 미소를 지었다.

혜란은 머릿속이 하얗게 지워지고 그 자리 그대로 쓰
러지면 영영 깨어나지 못할 것 같은 불안이 덮쳐왔다. 가
슴은 새가슴이 되어 파닥거렸다. 자리를 박차고 일어났
다. 뒤로 의자 밀리는 소리가 크게 들렸다. 홀 안에 있던
학생들이 혜란 쪽으로 일제히 고개를 돌리는 것이 느껴졌

다. 이즈음 학생들은 과도하게 예민해져 있어 조금만 이상한 행동에도 시선을 꽂고 쳐다보았다. 어떻게 밖으로 뛰쳐나왔는지 뛰고 있었다.

"혜란아! 혜란아!"

진우의 목소리였다. 혜란은 뒤를 돌아보고 싶지 않았다. 만약 진우 옆에 화영이 서 있다면 굴욕감까지 더해져서 차마 바라볼 수 없을 것 같았다. 그냥 못들은 체 빠르게 걸었다. 한참을 침묵하며 걸었다. 진우도 더 이상 쫓아오지 않았다. 어디로 갈까? 이대로 고시원 방으로 들어가기가 싫다. 그 방은 진우와의 첫 관계의 기억을 떠올리게 하는 곳이다.

진우와 함께 길들여진 시간들, 켜켜이 쌓여진 기억들, 관악산 둘레길에 만들어놓은 농촌 체험 마을길로 접어들었다. 싸리 울타리를 타고 오르던 호박 줄기도 새끼줄처럼 볼품없이 시들어 있었다. 호수공원의 물줄기도 멈춰섰고 갓 부화한 새끼들을 몰고 다니던 물오리 가족들도 보이지 않았다. 길바닥 맥문동만 꼿꼿하게 목울대를 세운 꽃 대궁 위에서 산책객의 발길질에 시달리면서도 그 질긴 생명력으로 꽃을 거두고 씨앗 주머니를 키워가고 있었다. 진우와의 시간들이 참 많이 되새김질 된다.

진우와 화영의 사이를 의심하는 자신이 초라하기도 했고, 아닐 거야, 아닐 거야, 의도적으로 돌아나는 의혹들을 부정하려 하지만 한 번 싹튼 의혹은 쉽게 가라앉지 않았다. 비굴한 가설에 혜란은 몸부림치면서도 확인할 수 없는 내용에 반격할 말을 찾지 못하고, 의혹은 부풀려지고 잡초처럼 무성하게 우거진다.

극도로 혼란스러워진 생각들은 쉽게 정리되지도 않았다. 폰을 꺼내 문자를 썼다. '진우야, 우리 사랑하는 거 맞지.' 썼다가 지웠다. '진우야, 우리 만나자. 나 할 얘기가 있어.' 그러나 만나면 아무 말도 못 할 것 같아, 또 삭제했다. 좀 더 솔직해지자 '진우야, 화영과 이제 그만 만날 수 없어.' 그건 너무 자기 비하, 읍소 같아 또 지워버렸다. 그러나 이대로 진우의 처분만 바라면서 마냥 기다리는 건 분명 자기 방기지, 혜란은 자리에서 벌떡 일어나 진우에게 전화를 걸었다. 진우를 만나 확인하지 않고는 엉켜버린 감정이 에너지를 얻어 폭발해버릴 것만 같았다.

전화 신호음이 여러 차례 울린 후 받았다.

"진우야, 시간 좀 내 줘." 곡직하게 말했다.

"내가 쫓아가니까, 너 달아났잖아… 나 지금 너에게 아무 말도 하고 싶지 않아. 지금은 그냥 돌아 가!" 진우의 화난 음성이었다. "지금, 화영과 같이 있지!" "오혜란, 너 지금 질투하고 있는 거야." "질투! 그래 질투다. 사랑하는 사이에 질투는 당연한 거 아니야." "화영은 내 친구 건의 여자야, 잠시 건의 문제로 의논할 게 있다고 해서 만나고 있었을 뿐이야." "그게 다야? 정말 그들이 잘 되기를 바라는 마음이냐고! 그렇담, 정말 그렇담, 화영과 만나는 거 이제 그만해, 그게 진짜, 너의 마음을 보여주는 거라고!" "화영, 혼자 구치소 가게 할 수는 없어." "끔찍하게 위하는군, 그게 사랑 아니야! 넌, 건 씨 면회 핑계로 화영과 감정 게임하고 있어." "지나치게 예민해졌군. 오혜란, 만나서 얘기하자." 진우는 만나서 얘기하자며 약속도 잡지 않은 채 먼저 전화를 끊었다.

시위는 이제 잠잠해졌고 시국은 안정된 듯 보였지만 아직도 곳곳에 여차하면 불붙을 저항의 불씨, 이번에는 노동 현장의 기류가 심상치 않았다.

누런 황사 먼지 속에 검은 마스크를 쓴 사람들이 첩보원처럼 침묵하며 거리를 활보하는 게 자주 눈에 띄었다. 불안이 여전히 잠복해있는 시국이었다. 고시생들은 곧 2차 발표를 기다리며 하루하루 긴장된 시간을 버티고 있었다.

진우에게 걸려온 뜻밖의 전화 한 통, 중년 여인의 곰삭은 목소리였다. "박진우 씨 맞나요? 며칠 전 우리 건이 나왔어요. 그간 진우 친구와 화영이 우리 건의 면회를 자주 와 주었다고요." 건의 어머니였다. "두 친구의 호의를 생각해 식사라도 대접하고 싶으니 거절하지 마시고 와 주세요." 진우는 모든 게 뜻밖이었다. 바로 얼마 전 면회 갔을 때도 건은 자신의 석방에 대해 일언반구 말하지 않았다. 진우는 잠시 혼란스러웠다. 결코 유쾌하지 않는 초대였다. 어머니의 간곡한 부탁, 한참을 갈까 말까 망설이다 가겠다고 했다. 거절하기 어려웠다.

자택으로 조촐하게 저녁 식사를 마련해놓고 진우와 화영만 초대했다. 주변을 무척이나 의식한 어머니의 기획이었던 것 같았다. 그만큼 건이 풀려난 게 철통 보안 속에 이루어진 것 같았다. 성건은 1년여의 수형 생활을 한 후 보석으로 풀려났다. 그리고 곧바로 아버지가 마련해

놓은 미국 상류 대학 로스쿨로 유학을 떠날 것이라고 했다. 다시는 전대협과 엮이는 것을 차단시키기 위한 부모님이 취한 조치였을 것이다. 건의 유학은 사실 그렇게 뜬금없는 건 아니었다. 갑작스럽다는 것 말고는 이미 예견되어있었다는 게 맞을 것이다.

국내 사법시험 합격도 하기 전에 미국 로스쿨 유학이 시기적으로 좀 빨리 왔다는 것뿐, 건의 혀는 이미 영어로 단련되어 있었다. 유치원 때부터 부모의 아낌없는 지원으로 체화되어진 영어 실력이 외국로스쿨 졸업 후 국제변호사로 살아가는 데 어려움이 없을 것이었다. 언젠가는 한국을 떠나 미국 시민으로 편입될 준비였다는 것은 쉽게 예상할 수 있었다. 따라서 미국 어느 대학 로스쿨인지 속 시원히 밝히기를 꺼려했다. 그저 미국 로스쿨이라는 것만 간신히 말해주었다.

화영에게는 청천벽력 같은 소식이었다. 어머니는 진우와 화영을 번갈아 바라보며 참 잘 어울린다고 덕담을 아끼지 않았다. 진우와 화영을 연인 관계로 알고 있는 것 같았다. "우리 건이 면회를 자주 갔었다고요? 고맙기도 하지, 그래서 하는 말인데…" 어머니는 잠시 망설이는 듯

하다 말을 이었다. "다른 친구들에게는 우리 건의 소식은
모른 척 해 줘요. 사실 주위 사람 아무도 몰라요." 건 어
머니는 끝까지 말을 놓지 않았다. 존댓말로 조곤조곤 정
중하게 대했지만 어딘가 특권의식과 상대를 압도하는 분
위기가 배어있었다. 화영은 심한 충격과 모멸감을 이기
지 못한 듯 얼굴색이 홍당무처럼 달아올라 있었다. 건과
의 교제에 대해서 무슨 말이 있을까, 일말의 기대를 가졌
던 것 같았다. 석방 사실도 초대받고 나서 알았고, 같이
구속되었던 시위 가담자들은 어떻게 되었는지, 건은 한
마디 언급도 없어 진우가 오히려 묻고 싶었다.

유학에 대해서도 호기심 반, 부러움 반 궁금한 게 많
았는데 어머니는 잠시도 건과 따로 얘기 나눌 틈을 주지
않았다. 지금 이 시간은 어머니의 통제 안에 있는 것 같
았다.

식사 시중은 도우미 아줌마 혼자서 했다. 어머니는 차
려진 음식만 이것저것 권하면서 말을 이어갔다. 주로 고
맙다는 말이었고, 알고 있겠지만 건을 그냥 한국에 있게
할 수 없어서 취한 조치이니 이해해 주고 가급적 다른 친
구들, 운동권 동료들에게는 비밀에 붙여달라는 간곡하지
만 거절하기 어려운 압력이 느껴지는 당부였다. 진우와

화영이 일어나 나올 때도 건의 어머니는 따라 나오면서 흰 봉투 두 개를 진우와 화영에게 내밀면서 비밀을 지켜 달라고 재차 당부했다.

정원 등 불빛 아래에서였다. 진우는 잠시 고개를 돌려 주위를 둘러보았다. 정원 곳곳에 잘 다듬어진 관목들이, 금강석 등에서 흘러나오는 은은한 주황색 빛을 머금어 운치를 더하고, 그 아래 앉아있는 동자석, 돌 솟대 등이 세월을 품어 고풍스러웠다. "진우와 화영이 그간 고마웠다. 받아 둬. 우리 부모님들의 최소한의 마음의 표시이니." 건은 태연하게 말했다. 그리고 "어머니 들어가세요. 친구들하고 할 얘기가 좀 있어요." 건은 어머니를 먼저 들여보내고 골목 어귀까지 따라 나왔다.

"화영아, 미안해." 건 답지 않게 계면쩍은 표정이 되어 말했다. "미안하단 한 마디로 끝낼 일이야. 우리 만남이, 오빤! 우리 사랑이 그런 거였어, 그런 거였냐구!" 화영은 기다리고 있었던 듯, 몹시 흥분한 음성으로 고함을 질렀다. 어스름 가로등 불빛 아래서 화영은 이성을 잃은 모습으로 건과의 이별에 심하게 저항했다. "화영아, 네가 무슨 말을 해도 난 할 말은 없어. 하지만 지금으로선 다른 선택지는 없어. 이것만은 이해해 주길 바래. 생각해 보니 내가 그동안 부모님의 속을 참 많이도 썩였다는 자괴감이 들어. 이제 내가 철이 들었나봐."

건은 부모님을 더 이상 실망시켜 드리고 싶지 않아서 부모님이 바라는 대로 따르는 거라고 말은 그렇게 했지만 실은 수감 생활에서 얻은 고난의 체험이, 지금까지 길들여진 대로, 누려왔던 대로 현실을 수용하게 만들었다는 표현이 더 적확할 것 같아 보였다.

거기다 자유분방한 미국 로스쿨 유학은 다채로운 사유의 복합성을 흡수할 수 있고 지적 지평을 활짝 개방시킬 거절하고 싶지 않은 기회였을 것이다. 성장 과정에서 단한 번도 겪어 본 적 없는 바닥 체험은 건을 더 현실적이게 만들었을 것이다. 부모가 깔아주는 특권과 특혜가 얼마나 일신에게 편안하고 안락하다는 것을 깨달았다고 말하는 게 더 정확할 것이다. 험한 길 돌고 돌아 제자리로 돌아왔을 뿐.

이제는 비빌 언덕이 되어주는 능력 있는 부모에게 신세 지고 싶지 않다던, 함께 구속됐던 운동권 동기들을 남겨두고 자신만 풀려날 수 없다던, 설익은 정의감 같은 건, 건에게 남아 있지 않아 보였다.

진우와 화영은 결코 유쾌하지 않은 기분을 안고 진우의 승용차에 올랐다. 사이드미러로 비치는 건의 되돌아가는 뒷모습이 가로등 불빛 속에서 홀가분해 보였다.

화영은 오는 내내 어둠이 깔린 창밖으로 시선을 던져놓고 침묵했다. "화영아, 무슨 생각해?" 진우가 화영이 측은하게 느껴져 말을 걸었다. "그냥." 화영의 옆얼굴과 귓불이 미등 불빛에 물들어 붉게 보였다. 건과의 긴 이별, 어쩌면 영원한 이별이 될지도 모른다고 생각하는 것 같았다. 그간 사랑을 키워가려 온 마음을 기울였던 노력 끝에 마주한 긴 이별의 시간, 아니 실은 영원한 결별이었다. 화영은 자신의 두 무릎 사이로 고개를 묻었다. 잠시 후 두 어깨가 가느다랗게 흔들렸다.

건이 떠난 후로 화영은 몹시 힘들어했다. 남몰래 상실의 병을 앓고 핼쑥해진 모습으로 학교에 복학하고 건 때문에 미루어두었던 고시 공부를 다시 시작했다.

2차 합격자 발표가 났다. 신림동이 술렁거리고 있었다. 이번에도 합격자 명단에 오혜란은 없었다. 1차 합격 후 2차만 세 번째 낙방이었다. 당락은 이번에도 간당간당한 점수 차로 갈라놓았다. 허용되어있는 세 번의 기회를 모두 날려 버린 셈이었다. 혜란은 빈손이 되어 원위치로 돌아와 있었다. 깨고 나면 사라져버리는 꿈이 아니라 이건 분명히 벗어날 수 없는 현실이었다. 벗어나지 못하고 남은 시간들은 그대로 사멸되어버릴 것만 같은 절망의 늪이었다.

지긋지긋하게 거듭된 낙방이었다. 세상이 자신을 버린 것 같은 고립감에 짓눌리고, 천 길 낭떠러지로 곤두박질친 채, 정신이 혼미해져 고시원 방에 널브러져 있었다. 전화기는 꺼 두었다. 진우의 전화도, 고향에서 걸려오는 아버지나 오빠의 전화도 지금으로서는 받고 싶지 않았다. 비난이 아니어도 탓하거나 질책하는 말이 아니어도 어떤 위로의 말도 지금으로서는 심약해진 가슴에 상채기만 남길 것 같다. 누구보다 영석 오빠의 모습이 더 강렬하게 떠오른다. 되어봐야 별 거 아닌 변호사, 검사 그게 뭐 대수라고 매달 꼬박꼬박 돈 보내고 있는 아버지에 대해 얼마간의 불만을 가지고 있다는 것을 혜란은 이미 알고 있었다. 오빠는 처음부터 혜란의 고시준비에 대해 반신반의하는 이중적인 태도였다.

배 다른 동생만 아니었다면 '혜란아, 세상에 할 일은 많다.' 오빠로서 진즉 포기시키고 내려와 군청 공무원이라도 하면서 결혼도 하고 마을을 위해 일하면서 소박하게 살라고 딱 잘라 말했을 텐데, 아버지의 눈치를 살피느라, 질척거리던 오빠의 목소리가 귓가에서 불쾌하게 되살아났다.

오빠는 어쩌면 인터넷사이트에서 합격자 명단을 훑고 또 훑어보고 혜란의 이름을 찾고 또 찾아봤을 것이다. 혹시 타인 동명이라도 발견했다면 지금쯤 무척이나 기뻐하고 있겠다. 같은 이름이 있으면 수험번호로 확인해야 하는데 오빠에게 수험번호까지 가르쳐주지 않았으니까, 정혜란, 김혜란, 혜란은 많았다. 패자에게는 잔인한 승자의 시간이다. 혜란에게는 타인의 시간일 뿐이었다. 무기력과 절망감은 손가락 하나 까딱할 힘마저 남겨두지 않았다.

혜란은 혹시나 하고 일어나 다시 컴퓨터를 켜고 명단을 찬찬히 훑어보았다. 모두 학부 때부터 같은 강의실에서 눈을 반짝이며 강의에 열중했던 친구들 그리고 학원에서 알았던 사람들, 혹은 아는 사람에게 건너 들었던 이름들이 많이 눈에 띄었다. 그중에서도 혜란의 눈을 크게 키

운 건 장진영과 허민욱이 나란히 합격자 명단에 이름이
올라 있었다.

　진영의 자신감에 차 있었던 얼굴이 새롭게 떠오른다.
남자친구와 함께 서로 피드백하면서, 진영이 혜란과 함
께 썼던 방을 나가면서 했던 말이 다시 되살아나고, 진
우를 놓으면 안 돼, 함께 관통해온 혼돈의 시간과 청춘
의 노란 꿈들을 부정해야 한다는 게 두려웠다. 진우를 붙
잡을 수 없을까. 벌레 같은 욕망이 고개를 들고 은폐되고
밀봉된 채 소멸되어 버릴 미래에 진우를 치환시키고 싶
다. 진우는 혜란의 운명에 방점을 찍는 결과였고 함께 걸
어갈 동반자였다.
　혜란은 진우를 생각하면 자신은 남겨진 건 빈껍데기일
뿐, 이제는 망설임 없이 그의 곁을 내주어야 한다고, 형
편없이 기울어져 버린 사랑의 평행이론 앞에 진우와의 사
랑을 지켜가기엔 자신은 너무 작아져 있었다. 자꾸만 초
라해진 현실 앞에서 몸도 마음도 사랑도 구차해져 갔다.
패배가 주는 공포, "혜란아, 네가 합격할 때까지 연수원
입소를 미루었어." 모든 것들은 파노라마처럼 지나갔고,
진우의 목소리마저 꿈처럼 환청처럼 아득하게 멀어져

간다.

　방문 두드리는 소리가 났다. 진우가 온 것 같다. 혜란
은 숨소리를 낮추고 이불 속으로 벌레처럼 웅크리며 숨
었다. 거듭된 불운은 혜란의 가슴에 깊은 병을 다시 소
환했다. 아픈 만큼 성숙해진다면 혜란은 거듭된 아픔으
로 성숙이 무한정 자라 마음도 몸도 겉늙어버린 것 같다.
이제는 모든 것을 내려놓아야 한다는 생각이 어렴풋하게
떠오른다. 자신도 모르는 사이 체념이 자리잡혀가고 있
었다. 진우에게 더 이상 신세 지고 싶지 않다는 결백 같
은 열등감이 마음 언저리에서 맴돌고 사랑마저도 구차스
럽게 하고 싶지 않았다. 깔끔하게 아쉬움을 떨쳐내야 한
다고 생각할수록, 이유를 알 수 없는 분노가, 서러움이
치밀어 오른다. 자신의 무능, 자신이 처한 환경의 한계
성, 열패감이 근원일 수 있겠지만 그것마저도 구차한 변
명에 불과했다. 진우가 알고 있을 거라 생각하면 불같은
열패감이 가슴으로 휘몰아친다. 그 곁에 건과의 결별을
겪고 진우의 사랑을 갈구하는 애잔한 화영의 얼굴이 함
께 떠오르는 건 무슨 이유일까.

사실 화영은 진우에게는 컴퓨터가 그려낸 조합이었다. 진우의 앞날에 꽃길을 열어줄 여자였다. 누구라도 그런 배경을 가진 여자를 거절할 어리석은 남자는 없을 것이다. 어느 선택이 가장 영악하고 균형에 맞을지는 말하지 않아도 안다. 기회를 날려버리지 말라고 찾아온 기회를 잡으라고 쿨하게 말하는 게 맞을 것 같다.

또 방문을 두드리는 소리가 났다. "오혜란, 전화기는 왜 꺼두었어?" 진우의 목소리가 들리자 혜란은 왈칵 눈물이 솟구친다. 진우를 맞닥뜨릴 자신이 없다. 넝마처럼 비굴해질 것만 같다. 진우의 배려가 혜란을 더 자괴의 늪으로 밀어뜨리는 것 같다. 노크 소리는 그쳤다가 다시 났다.

"진우야, 돌아가 줘! 내가 네 앞에 얼만큼 초라해 져야 하니." 혜란은 돌아가라고 소리쳤다. 어떤 제의도 위로도 받아들일 수 없었다. 마음은 이미 젖은 휴지가 되어 바닥으로 굴러떨어졌다. 까닭 모르게 진우에게서 벗어나고 싶어졌다. 자신이 당당해지는 길이라고 생각되었다. 방문을 열어주지 않았다. "그래, 그렇더라도 일단 문 열어. 얼굴 보고 얘기하자. 혜란아, 오혜란!"

진우는 그게 혜란의 본마음은 아닐 거라는 것을 간파

194

하고 있는 것 같았다.

"길은 있다. 내년부터 1차를 다시 보면 어떨까. 그간 쌓인 내공이 있어서 1차 2차 원스트라이크로 합격할 것 같은데."

그의 위로의 말마저도 아프게 들렸다. 혜란은 밖에서 흘러드는 진우의 밝은 음성을 차단하려 하면 할수록 뜨거운 눈물이 솟구쳐 오른다.

진우가 떠나가고 자신에게 남겨질 시간들이 막막한 두려움으로 다가들지만, 그 곁에는 이미 꽃길을 열어 줄 화영이 다가와 있다.

진우에게 이제는 자신을 놓아버리고 네 앞길이나 찾아가라고 소리칠수록 가슴에서는 진우를 붙잡아야지 하는 그 벌레 같은 욕망이 고개를 든다.

욕망과 합리적 이성, 그 모순된 감정이 내면에서 충돌한다. "그래 알았다." 돌아서 나가는 진우의 발자국 소리가 멀어질수록 '진우야, 가지 마!' 이해되지 않은 분열된 감정이 자신을 해체 시키고 산산 조각난 꿈 조각들과 함께 땅 밑으로 굴러떨어지고 있었다. 문밖이 잠잠해졌다. 진우가 돌아간 것 같다. 옆방 문 여닫는 소리들로 통로가 어수선해지는 것 같다.

　진우와 나누었던 수많은 말들이 이제는 순수하지도 전혀 달콤하지도 않았다. 진우의 말이 먼 나라 외계인의 소리처럼, 벌새들의 수많은 날갯짓 소리처럼, 귓가에서 윙윙거리며 되살아났다.

　진우의 사랑의 밀어들이 뒤틀려 들리기 시작하고 반어적 의미로 되새김질 되고 있었다. 순수와 열정 사이의 연관이라거나 사랑의 평행이론, 그러나 그것은 괴리, 즉 이상과 현실 사이의 괴리는 그렇게 목숨을 바쳐서라도 키워 가려 했던 진우와의 사랑에 깊은 균열을 불러왔다. 부정에의 회의가 사실처럼 의식에 고착되어지고 세상의 누구도 자신에게 결코 우호적이지 않다. 세상이 자기를 버렸다. 가장 고결한 감성으로 정성스럽게 화려하게 피워 내려 했던 진우와의 첫사랑, 표현만 다를 뿐 구차한 동정이었고, 멈춰 서서 기다려준 선취자의 호의, 가진 자의 넉넉함, 혜란에게는 마음의 부채감으로 변질되어 버렸다.

　삶을 이어가려면 새로운 충전과 휴식이 필요했다. 동민처럼 여기에서 생을 멈추어버릴 수는 없었다. 지난가을 큰오빠의 뼈아픈 충고가 새롭게 힘을 얻고 혜란의 의식을 잠식했다. 내년 2차까지만 한 번 기회를 주겠다. 그 때까지만 해도 한 방향, 고시만 바라보기로 했다. 그 결심 분명 누구의 충고도 회유도 섞이지 않았고 자의적이었고 자신이 떳떳해지는 선택이라고 생각했지만, 지금은 그 선택의 길에서 방향을 잃어버리고 백치처럼 울고 있는 자신을 본다.

진우는 올곧게 자신의 삶의 방향을 잘 찾아나갔고, 혜란은 혼돈 속을 방황하다 방향이 다른 길을 찾아갈 것이다. 진우와는 결코 함께 갈 수 없을 것 같다. 진우와 대등해지려 안간힘을 썼던 자신이 자기연민으로 비화된다. 혜란은 끝내 진우와 마주할 힘을 얻지 못했다. 진우의 마음이 떠나갔다는 혼자만의 망상이 몸피를 키우고 진우의 위로마저도 진정성 있게 다가오지 않았다. 진우에게 꽃길을 열어줄 양화영이 다가와 있는데 자신은 왜 머뭇거리고 있는지, 더 이상 진우의 배려에 길들여지면 안 되는 거야. 덤으로 따라오는 기회를 누려서는 안 된다. 격을 상실한 옛 애인에 대한 마지막 배려라고 딴에는 숭고하게 생각하기에 이르렀다.

그 무렵 혜란은 자신을 둘러싸고 있는 생태계가 척박

하다는 생각에 사로잡혀 헤어나지를 못했다. 한 줌 티끌처럼 기화해 버릴 것만 같은 불안감이 내면에서 자라고 입맛을 잃고 야위어지고 얼굴이 수척해져갔다.

혜란은 병원을 찾았다. 의사는 입원을 권했지만, 혜란은 의사의 권유를 받아들일 수 있는 상황이 아니었다. 항불안제(벤조디아제핀)의 복용을 다시 했다. 젊은 청춘들은 사랑하고, 투쟁하고, 쟁취하고 몰락하고 전진하거나 퇴각하면서 극명하게 두 부류로 나뉘어 흩어졌다.

화영은 건이 떠난 후 찾아왔던 깊은 상실을 털어내고 새날처럼 맑은 모습으로 신림동에 나타났다. 그리고 본격적으로 고시준비를 위해 집을 나와 신림동에 원룸을 얻어 입주했다. 진우의 학원에 수강 신청했다. "오빠, 나에게 오빠가 있어서 얼마나 힘이 되는지 몰라 오빠는 나에게 꼭 필요한 사람이야." 진우에게 매달렸다.

"그런데 오빠 같은 이성주의자가 그 촌티 나는 강원도산 수재에게 지극정성을 기울이는지 이해할 수 없어."
"너더러 이해해 달라고 말한 적도 없잖아." 진우는 화영의 말을 부정했지만 실은 화영에게로 향해가는 자신의 마음을 애써 방향을 돌리려 한 억지였다. 하지만 화영의 구

198

애는 집요하게 이어졌고 점점 노골화되어 나타났다. "혜란의 머리야, 미모야. 딴에는 꽤 미모라고 할 수 있지. 쥐뿔도 없으면서 머리 하나 믿고 여기까지 달려왔지만 언제까지 머리로만 살 수 있을 것 같아. 좋은 머리로 할 수 있는 건 공부뿐이라고 딱 거기까지야. 다음부터는 부모 찬스, 부모 배경 환경. 오빠, 현실적으로 생각해봐. 그런데 혜란 고 계집애 이번에도 또 떨어졌다며. 거 봐, 지방 수재의 몰락, 눈 깜짝할 사이야. 세상은 넓고 여자는 많아. 순수한 사랑, 진실한 사랑 따위 역설이거나 형용모순을 그대로 믿을 만큼 오빤 정말 순진한 거야. 마음은 움직이는 거야. 처해진 환경에 따라 건 오빠처럼 이념, 사상, 정의, 우정, 그따위 추상적인 개념들에 묶여… 지랄하더니, 어느 순간 훌훌 털고 날치처럼 날아가 버리더라. 생각의 물꼬는 한순간 차이야."

"양화영! 넌 그렇게밖에 생각 못 해." "그래 내 생각으로는 오빠가 오혜란을 죽자사자 좋아했다 쳐. 혜란이 오빠를 진정한 파트너로 여겼느냐 이거야. 오빠 같은 이성주의자의 행동으로 보기에는 동정이거나 연민으로밖에 보이지 않아. 오혜란 그 계집애 지금까지 도와준 것만으로도 충분해. 사랑은 현재형이야, 유예가 없어. 지금 사랑하고 지금 행복해야 돼." 그런 말을 할 때면 화영의 얼굴은 행복감인지, 수줍음인지 달떠 있었다.

"누가 그래, 혜란과의 사랑은 미래형이라고." 진우는 화영의 말을 한사코 부정하려 했지만 송곳처럼 날카롭게 파고드는 원색적인 듯, 현실적인 듯한 화영의 구애의 화술들에 마음 한 곳을 찔리고 반격할 힘도 용기도 점차 무디어져갔다.

"오빠, 나하고 사귀자. 아니 지금 결혼해도 나쁠 거 없어. 나 오빠와 결혼하고 우리 부모가 마련해 준 아파트에서 살면서 아이 낳는 거 뒤로 미루고, 고시 공부하고 싶어. 그러면 한 1년, 길어야 2년이면 합격할 수 있어. 안정된 분위기에서 오빠 같은 멘토 곁에서 공부하면 참 좋을 것 같아, 호호. 오빠, 우리의 조합은 예상을 뛰어넘는 시너지 효과가 있을지 몰라. 오빠, 우리 결혼하자." 화영은 날마다 단련되어지는 달변으로 진우의 마음에 큐피트의 화살을 날렸다.

사실 생각해보면 혜란과의 대화는 낭만적, 추상적, 개념적이어서 현실감이 결여된 유토피아적 대화들이었다면, 화영의 날갯짓은 퍽 현실적이면서 당장 먹을 수 있게 잘 차려진 진수성찬이었다.

법전의 행간에 들어있는 추상적이고 개념적인 단어들에 취해 살다보니 차라리 현실 감각은 무디어졌고, 추상과 관념의 변증법적인 사고의 틀 속에 갇혀 지내온 진우에게 화영의 사랑으로 포장된 실용적이고 공학적인 설득은 진우의 잠들어있는 현실 감각을 흔들었다.

귀향

혜란은 짐을 정리해 집으로 부쳤다.

그간 정들었던 관악산 봉우리와 진우와 함께 걸었던 아름드리나무들이 이마를 맞대고 숲 터널을 이룬 관악산 둘레길, 산새들의 지저귐 소리, 혜란에게 남겨진 기억들은 평등하고 균등하게 배분된 자연의 것들이었다. 청춘의 한 가운데를 관통했던 시간들은 헤게모니적 사상과 이념에 잠식되었고, 민주화의 갈망으로 수많은 젊은 목숨을 재단에 바쳤고, 결핍을 느낄 때 채우려는 것은 인간의 본성이었기에, 일신의 결핍이든 정신적 가치의 목마름이든, 젊은 꿈들은 부유했고, 열정적인 듯, 치열한 듯 격돌하고 부서지고, 투쟁하면서, 생성되어 진 분노의 에너지들은 성취로 혹은 상실로 나뉘어 드러났지만 너나 나나할 것 없이 청춘들에게 남겨진 건 채우지 못한 마음의 빈잔이었다. 꿈, 사랑, 열정, 순수, 우정… 젊은 날의 표상이었다. 젊음의 빈 가슴으로 스며든 건 독선과 오만의 현장에서 맞서 싸웠던 저항과 투쟁의 기억을 훈장처럼 간직해야 했다.

무엇에 쫓기듯, 도망치듯, 찾아가는 고향, 그곳에서 꾸려갈 새로운 날에 대한 기대와 함께 열차의 덜컹거림이 온몸으로 전해진다.

진우와의 거리가 멀어질수록 잠들어 있던 감정들이, 사랑이 부서진 자리에 떠돌던 잔해들이, 미처 정리되지 못한 감정의 부유물들이 화영에 대한 열패감, 다시는 만날 수 없을 거라는 안타까움, 다가갈 수 없다는 절망감이 내면에서 아우성쳤다. 시간에 쫓기며 생각 없이 오갔던 이 철길, 지금 이 순간 수많은 상념들이 몰려든다. 조용히 눈을 감고 생각들을 밀어내려 했다.

진우에게서 문자가 들어왔다. "혜란, 너 지금 어디야?" "그건 왜? 귀향이 유배는 아니잖아." 뒤틀린 열패감이 응답했다. 세상의 어느 것도 자신에게는 결코 우호적이지 않다는 패배주의적 어두운 그림자에 갇혀있었다. 진우는 연수원 입소 신청을 했다고 했다. 연수원 2년 과정을 마치면 판, 검사 발령을 받을 수도 있지만 자신은 로펌에 들어가 있으면서 처음 계획대로 법학대학원 진학을 할 거라고 자신의 계획이 적혀있었다. 그건 하등 혜란과는 무관한 일일 뿐이다. '그간 고마웠어, 지금 평창으로 가고 있어.'라고 썼다가 지우기를 여러 차례, 끝내 용기를 내어 보내기 버튼을 눌렀다.

혜란은 신림동에서의 시간들이 더욱 소중하게 다가왔다. 추억이 담긴 보물 상자처럼 움켜쥐고 싶은 시간들이었다. 진우와 같은 빛깔로 막 물들기 시작한 연두빛 첫사랑, 같이 바라보던 소실점의 끝에 놓인 노란 잉어의 꿈, 진우와의 걸었던 관악산 둘레길, 고개를 들어 바라보면 관악산 정상에 꽂힌 듯, 우뚝 솟은 별자리 관측 탑, 도림천의 창포, 수채화처럼 선명하게 그려지고 같은 꿈을 꾸었던 친구들, 서민주, 그리고 늘 하나처럼 엮여서 떠오르는 장진영과 허민욱, 동민의 어두운 그림자, 익살스럽던 남길현, 그 균열 되어가는 시간 안에 양화영과 진우가 있었다. 시간 속에서 마모되어갈 아쉬운 순간들, 오빠는 한 줄 서술로 신림동에서의 일은 지워버리라 했지만. 진우는 혜란의 삶을 멈춰 세운 지점이었고, 끊어진 시간을 다시 이어야 할 이음자리도 진우였다.

법전에 밀려 읽지 못했던 책도 실컷 읽어야겠다고 작
정했다. 소설 『첫사랑의 귀환』이나 『혁명과 사랑』 자기계
발서 실패를 딛고 일어선 성공담 닥치는 대로 읽었다. 법
으로 보장된 여성의 지위, 부당한 대우에 저항하는 페미
니스트 이야기, 거듭되는 실패와 좌절 끝에서 망가진 자
존감을 복원시키는 길은 독서에 매몰되는 길밖에 없었
다. 따지고 보면 현실도피였다. 특히 서양 고전 속 사랑
이야기, 터져버릴 것처럼 몰아가다 숨구멍처럼 찾아온
해피엔딩 스토리는 적지 않은 기대와 희망을 주었다. 그
무렵 마을 사람들은 소소한 생활 법률 같은 것을 상담하
려 혜란을 찾아왔다. 돌팔이 의사처럼 무자격 법조인도
시골 마을에서는 나름 쓰임새가 있었다.

산촌 사람들도 언제부턴가 퍽 현실적인 사고를 가지고
있는 것 같았다. 서울에서 출세하고 마을에 코빼기도 안
내밀면서 명성만 소문으로 날려 보내오는 젊은이보다 마
을에 내려와 노인들에게 이것저것 신문화를 전하고 법률
상담을 해주는 혜란을 무척이나 대견해했다.
혜란의 법률 지식은 마을 사람들에게 그런 믿음을 주

기에 충분했다. 법 공부에 소비한 시간이 얼마인가. 실력을 증명할 자격증(사법고시 합격) 획득에는 실패했지만 그간 쌓은 실력은 마을에서 일어나는 자잘한 법적 문제 '산림훼손이나 조상 묘 이전과정에서 발생하는 산림법 위반, 또는 갈수기에 하천물이 줄어들면 폭약을 터뜨려 물고기를 싹쓸이해가는 얌체 천렵꾼들이 저지르는 하천 어로권' 같은 분쟁들, 일상에서 부딪치는 소소한 법률문제가 발생하면 곧바로 혜란을 찾아왔다.

우물에 든 개구리는 노란 잉어의 꿈을 잊어버리고 물이끼가 파랗게 낀 청정한 샘 벽을 맘껏 뛰놀며 자신감을 키우고 있었다.

세상에는 위에서 찍어 누르는 중력 말고도 좌우 방향 어느 한 곳으로 몰고 가는 알 수 없는 힘이 있다는 것을 깨달았다. 행운과 불운 그것은 자신의 의지와는 무관하게 작동되어지는 마법의 힘이다.

마을에서 법률 상담을 해주고 고맙다는 말을 들을 때, 혜란은 기뻤다. 더 정확하고 더 도움이 되도록 해주려고 법전을 뒤적이며 법 조항을 찾아내기도 했다. 짐 꾸러미 안에서 미처 꺼내지도 않고 있었던 법률 서적을 다시 꺼

내다가 진우가 주었던 책을 발견했다. 가슴에서 온몸으로 전율이 느껴졌다.

"아직도 고시 공부에 미련을 두고 있는겨." 영석 오빠였다. 거기에 덧붙여 올케언니는 혜란에게 결혼을 권했다. 아가씨의 나이도 결코 적은 나이가 아닌데 새로운 길은 결혼을 해서 가정을 꾸리는 게 사법고시에 대한 미련에서 벗어나는 길이라고 인생 선지자의 훈수처럼 일렀다.

혜란에게 다시 시작된 산촌 분지의 생활이 낯선 듯, 익숙한 듯 분주하게 흘러가고 있었다. 탁 트인 분지마을에서 느껴지는 막막함, 엄마도 이 마을에 처음 발령받아 왔을 때, 이런 기분이었을까. 그래서 아버지의 청혼을 쉽게 받아들일 수밖에 없었을까.

자연과 살다 자연을 닮아버린 순진무구한 중년 홀아비에게 정을 느꼈을까. 엄마는 풀씨처럼 날아든 곳에서 뿌리를 내리고 새잎을 피워내고 증식을 했다. 어떤 환경에서든 인간의 감성은 자란다. 동물이거나 무정물과의 사이에서도 정은 싹 틀 수 있다. 어머니의 선택은 여러 감정이 혼재되어있었던 것 같았다.

누구보다 수시로 표정을 바꾸어 가며 대하는 것은 오빠와 올케였다.

영석 오빠나 올케언니는 혜란을 대할 때면 혼란스럽도록 이중적이었다. 차갑기도 했다가 다정하기도 했다. 차라리 늘 쌀쌀하게 대해주는 게 마음의 혼란은 없을 것 같았다.

강기슭을 거슬러 상류에 이르면 처음부터 다시 흐를 수 있을까. 견디고 채워야 할 시간들은 온통 잿빛이었다.

규칙과 질서에서 벗어난 해방감은 곧 무력감으로 돌아왔다. 남루한 현실을 비웃듯 통통거리는 트랙터 소리가 크게 들린다. 고향에서 꿈을 찾으리라 했던 기대는 미래를 논증해주지 못했다. 다시 공황장애 발작이 나타나기 시작했다. 심장이 거칠게 뛰기 시작하면 가슴은 터질 듯 답답하고 이마에 식은땀이 맺혔다. 현재의 상황에 대해 미래에 대한 막연한 불안감이 수시로 몰려왔다. 그 무렵 오빠와 올케의 결혼 권유는 더욱 강력한 중력이 되어 찍어 누른다.

상대는 오빠의 고교후배 강성탁이었다. 그가 지닌 환경들을 강점으로 치켜세우며 혜란을 설득했고, 약속이나 한 듯, 강성탁이라는 사람이 실체를 드러내고 찾아온 것도 그 무렵이었다. 혜란이 집에 박혀 독서를 하거나 휴식을 취하고 있을 때면 그가 찾아왔다. 혜란에게 매우 친절했고 호의를 보였다. "혜란 씨, 서울에 있다가 이런 작은 시골에 내려와 있으니 답답하지요. 이번 주말에 춘천 시내에 나가 식사라도 할까요." 그는 소탈해 보였고 건실해보였고 순수했다. 그는 춘천에서 대학을 나와 특용작물 재배에 성공한 사례자로 선정이 되어 평창원예농협특용 작목반 지도 강사로 활동하고 있었다.

이미 오래전 혜란을 두고 통혼이 있었던 듯, 혜란의 미지근한 반응에도 불구하고 결혼은 빠르게 진행되었다. 아버지는 가정의 모든 권한을 오빠 부부에게 이양한 듯, 가정의 일에 방관만 하는 종이호랑이 자리로 밀려나 있었다.

언제부턴가 아버지의 주장은 노인네의 옹고집, 쇠고 집으로 치부되고 주는 밥이나 받아먹는 뒷방 늙은이로 그 위상이 추락해있었다. 혜란의 결혼문제에도 아버지는 크게 개입하지 않아 보였다. 거기다가 성탁이 아버지에게 무척이나 곱살스럽게 굴었다. 아버지가 병원에 갈 때가 되면 용케도 알아차리고 득달같이 달려와 아버지를 자신의 승용차에 태워 갔고, 병원에서도 보호자 역할을 맡고 있었다. 아버지도 그런 성탁을 무척이나 가상하게 여기며. 그 보답으로 아무리 값나가고 귀히 여기던 물건이라도 아낌없이 내어주고 싶을 만큼 고마워했다.

성탁이 가까이 다가들수록 혜란은 불안했고, 진우가 그리웠지만 진우는 드러낼 수 없이 마음속으로만 고이 간직해야 할 그림자 같은 존재였다. 외롭고 고독한 사람에게는 누구도 비빌 언덕이 되어주지 않았다.

민주에게서 문자가 날아들었다. 민주는 가끔 잊지 않고 서울 친구들의 변모해가는 근황들을 문자로 알려 왔다. 자신은 연수원을 수료했고 원했던 대로 검사 발령을 받았다고 했다. 민주의 기쁨에 들뜬 표정이 선연하게 그려졌다. 박진우와는 사시합격 동기에다 연수원 동기까지 되었다고 했다. 진우는 화영과 함께 화영 엄마가 마련해 준 아파트에서 살고 있다며 묻지도 않았고 알고 싶지 않은 소식도 함께 전해 주었다. 민주의 충만한 행운은 혜란에게는 불행의 깊이를 더 가늠하게 해주었다. 자신에게 불쾌하도록 작용하는 불운, 저항할수록 더 옥죄어오는 그물망 안에 혜란은 갇혀있다고 스스로 정의했다.

'축하해 잘 됐다.' 응답해 주면, 혜란에게도 행운을 빈다고 다소 생뚱스럽고 억지 같은 글귀로 답했다. 혜란에게 무슨 행운을 빈다는 말인지 종잡을 수가 없었다. 혹시 강성탁과 통혼이 있는 걸 용케 알고 결혼이 성사되기를 빈다는 말인가, 그럴 리는 없다고, 진우의 안정되고 행복해하는 모습을 보고하듯 하고 나서 패배자에 대한 측은지심을 그렇게 반어적으로 표현했을 거라고, 생각하면서도 혜란은 그저 어리둥절할 뿐이었다.

죽은 자를 위한 세레나데

　진우가 구치소로 찾아왔다. 혜란이 고향으로 떠나온 후로 처음 대면하는 진우였다. 변호인단을 꾸려 보내주고 본인은 정작 모습을 드러내지 않았었다. 진우는 투명한 칸막이 너머에 있었다. 그에게서는 세월의 무게만큼 자아 성찰의 판단력과 균형감이 조화롭게 어우러진 품위 있고 더 절제되고 법조인으로서의 정형화된 품격이 풍겨져 나왔다.

　"그렇게 힘들었니?" 진우의 첫 마디였다. 퍽 담백하게 말했지만, 그 한마디는 혜란의 의식을 휘저으며 감당하기 힘든 파장을 일으켰다. 두 눈에서는 주체할 수 없는 눈물이 샘물처럼 흘러내려 볼을 적시고 온몸은 사시나무처럼 떨고 있었다. 함께 관통해온 혼돈의 시간들, 청춘의 노란 꿈을 향해 함께 걸어갔던 지난 시간들, 붙잡고 싶다는 내면의 충돌을 겪으며, '그래 떠나 너에게 꽃길을 열어 줄 양화영이 네 곁에 다가와 있는데 왜 머뭇대는데…

동정이나 연민 따윈 필요 없어.' 딴에는 쿨하게 말한다고 어깃장을 놓았던 기억들이 파노라마처럼 스치며 지나갔다.

첫사랑 연인과 파란 수의 차림으로 맞닥뜨려야 하는 자괴감, 자기혐오, 자기부정, 제어하기 힘든 복잡한 감정들이 한꺼번에 가슴으로 밀려들어 터질 것만 같았다.

이유를 알 수 없는 자기연민, 그것은 대개 자신의 무능이거나 자신이 처한 여건, 환경의 한계성, 열패감이었지만 동서고금을 통해 고정불변의 사랑이란 존재하지 않는다. 상황에 따라 유예되고, 시대에 따라 변주되고, 추구하는 가치관에 따라 생물처럼 움직이는 게 사랑이라면. 인류 역사 앞에 횃불처럼 밝혔던 진리라는 것마저도 거대담론이거나 유동적 사고에 의해 해체되고 무너지듯이, 사랑에도 유예라든가 질량이 존재할 수 있을까. 혜란은 무릎에 얼굴을 묻고 두 어깨를 들썩이며 울고 있었다.

한참을 황망한 표정으로 바라보고 있던 진우가 "꼭 그렇게밖에 할 수 없었니? 법으로 보장된 법적 조치를 활용할 생각은 못 했니?" 혜란의 대답을 듣고 싶은 듯 거푸 말을 걸었지만, 혜란은 아무 말도 할 수가 없었다. 진우의 질문 속에 혜란이 이미 자신을 혐오하며 후회하고 있는 내용들이 다 함축되어있었다. 왜 그 상황을 법적으로 사회적으로 보장된 권리를 활용해서 벗어나야겠다는 생각을 못 했을까. 왜 누군가에게 자신이 처해 있는 처지를 드러내고 도움을 받을 생각을 못 했을까. 안으로 곪아가고 있었지만 아무도 눈치채지 못했다. 꼭 이렇게 치열하게 결혼생활을 끝내야만 했나. 밤마다 구치소 창가로 새어드는 아슴한 별빛을 보며 자신을 향해 수십 번도 더 묻고 물었던 질문지였다.

"그래, 지금은 아무것도 얘기하지 말자. 하지만 이것만은 분명히 해 두자. 오혜란, 넌 나에게 뭐니?…" 그 짧은 문장을 남기고 진우는 되돌아 나갔다. 정말 난 진우에게 뭘까? '쿨하게 떠나갔으면 당당하게 잘 살아야지, 이 꼴이 뭐니?' 진우가 여백으로 남겨놓고 간 문장을 혜란이 완성했다. 진우에게 인간적 고뇌만 안겨 준 여자, 그게 바로 나 오혜란, 세상에서 가장 불운한 여자.

구치소 수감방의 생활에도 조금씩 적응되고, 구치소 여감방 간수는 미결수 혜란에게 퍽 친절했다. 미결수 오혜란, 그가 지닌 스토리는 그렇게 많은 사람의 감성을 자극하기에 충분조건이었을까.

환청처럼 들리던 승준의 울음소리도, 재잘거림도, 어디선가 사납게 짖어대던 개들의 떼창도 아스라이 잊어져가고 마음에 내재되어 있던 불안도 조금씩 끝을 보이고 있었다. 가끔은 지병이 더 악화돼 중환자실에 생과 죽음의 벽을 넘나들고 계시다는 아버지의 안부를 들을 때, 오빠의 함몰된 뺨과 그로 인해 안구가 밖으로 튀어나와 흉한 꼴로 살아가고 있는 오빠의 얼굴이 떠오를 때, 올케언니의 흰 거품 낀 입에서 쏟아져 나오던 혜란에 대한 원망과 악다구니 소리들이 귓가에서 되살아날 때, 이 잠깐의 평화마저도 사치로 여겨졌다.

변호인단, 정민과 최영준, 남길현 변호사 등이 명단에 있었다. 그들은 모두 박진우가 선임해 보내준 서울 유명 로펌의 형사사건 전담 변호사들이었다. 그중에서 남길현은 혜란과도 잘 아는 얼굴만 봐도 웃음이 훅 터져 나오는 농담 잘하고 익살스런 스터디 친구였는데, 어떻게 남길현이 이번 사건 변호인단에 합류하게 되었는지…

그것도 진우의 배려였을 것이다. 위엄 있고 엄숙주의로만 변호인단을 꾸리기보다 익숙해서 편안하게 다가갈 수 있게 남길현을 끼워 넣었을 것이다. "오혜란, 넌 나에

게 뭐니?" 처음 구치소를 찾아온 고뇌에 찬 진우의 음성
이 자꾸만 혜란의 의식으로 회자된다.

길현은 혜란을 보자마자 웃음을 지어 보이면서 "혼돈
속에는 새로운 질서를 확립하고 전진할 수 있는 추동력이
숨어있지. 복잡한 상황이 종료되는 과정이라고." 크레
타의 미로처럼 엉켜버린 복잡한 문제를 홀씨처럼 가볍게
정리해주었다. 혜란은 농담처럼 느껴지고 웃음이 '훅' 나
왔다.

정민과 최영준 변호사는 진우의 선배로 학원 강사 할
때부터 알고 지내던 형사사건 변호사로서 특히 정민 변호
사는 핵심을 찾아가는 날카로운 추론, 과장 없이 정돈되
어 진 서술형 말솜씨로 퍽 냉철해 보였고 설득력, 호소력
을 갖춘 흔하지 않은 변호사였다. 인상이 다부져 보였다.
머리 정수리 부분이 하얗게 속살이 드러나 있었고, 안경
너머에서 예리한 눈빛이 빛을 내고 있었다. 분명 무겁고
차가운 법정의 분위기를 통제할 수 있을 것 같다는 생각
이 들었다.

변호사들은 사회의 이목을 집중시키는 하드 케이스 사
건인 만큼 소송기록부터 소장, 수사기록의 모순점과 허

점이 없는지 꼼꼼하게 점검했다. 피고인 진술서, 답변서는 혜란이 변호사 도움 없이 직접 썼고, 변호인 의견서는 변호인 각자 작성하기로 했다.

진우는 전면에 나서지 않았지만 혜란을 형벌의 굴레에서 구출하기 위해 발로 뛰면서 다방면으로 인적 네트워크를 가동시키고 있었다. 그런 진우를 친구 변호사들은 도무지 이해할 수 없다며 고개를 갸우뚱거리다가 "첫사랑은 잊혀지지 않는다. 잠시 유예시켜두었을 뿐이야, 하핫." 하며 놀렸다. "도움이 필요한 피고를 외면할 수 없는 게 변호사의 근성…" 진우는 그렇게 말끝을 얼버무렸지만 "정말 그거야. 믿거나 말거나." 입가에 피어난 가벼운 농담으로 넘겼다.

진우에게 선택되어온 변호사들과 춘천지검 형사부에서 매의 검사로 알려진 정재학 검사, 그들의 치열한 법리와 중창을 앞세운 하이브레인들의 창과 방패의 한 판 결투가 예상되었다.

변호사와의 접견, 사실 피고인 혜란과 변호사와의 질문과 응답은 명분만 접견이지 신림동에서 공부할 때의 스터디 팀의 자유토론을 상기시킬 만큼 분위기는 화기애애

했고, 질문은 법의 전문영역까지 들어가 이루어졌다. 남길현은 자신을 끈질긴 집념 하나로 합격한 서열이 가장 낮은 변호사라며 또 익살스럽게 말했다. 실제 길현은 셋 중에서 제일 늙어 보였다. 피고인과 변호인의 합동으로 서면 준비가 마무리되었다.

형사합의부 1심 재판, 법정 안의 모습들이 비현실적으로 보였다. 높은 법대 위에 영장 실질 심사 때 만났던 부드러운 인상의 재판관이 보였고, 양 옆으로 배석판사가 앉아있었다. 비어있는 증인석이 눈에 띄었다. 방청석 뒤에는 기자들이 진지를 구축했다. 독수리의 눈알같이 까만 카메라를 세워놓고 여기저기 찍어댈 준비를 갖추고 스타트 업 되기만을 기다리고 있었다. 고민욱 기자의 얼굴도 보였다. 지역사회를 들끓게 했던 핫한 사건답게 법정 안은 긴장감으로 압도되어있었다.

특히 방청석 맨 앞줄에 성탁의 큰누나 작은누나가, 피고석에 앉아있는 혜란을 찌를 듯 쏘아보다가, 병풍처럼 둘러앉은 변호인단을 보고는 안색이 창백해졌다.

기자들은 정재학 검사의 공소사실과 이를 뒷받침하는

증거들, 부검의의 부검 소견 사이에서 보이는 불일치, 모순, 의문, 손에 칼을 든 자가 칼에 맞았는데, 칼에 맞는 자도 찌른 자도 동일인이라는 부검의의 소견은 혼란스러웠다. 그렇다면 오혜란이 칼을 들고 위협하는 강성탁의 손을 움켜잡고 칼끝을 강성탁의 복부로 밀어 찔렀다는 가정과 오혜란이 몸을 피하는 순간 무엇엔가 심하게 부딪쳤다는 가정, 현장을 목격한 사람은 네 살짜리 그의 아들뿐이었고, 그래서 채택할 증인이 없다. 증거품도 칼 한 자루 더구나 칼자루에 오혜란의 지문이 없었고, 피해자 사체에서 방어흔이 발견되지 않았다.

자신의 방어력을 행사할 피해자는 주검이 되어버렸고, 피고인 오혜란은 왜? 죽은 강성탁에게 유리한 증언만, 성탁이 칼을 들고 설치는 것을 보고 너무 무서워서 그 상황을 종료시키기 위해 자신이 칼을 빼앗아 찌른 것 같다. 너무 겁이 났다는 상황과 그 상황을 빨리 종식 시키고 싶었다는 두 상황 사이에 놓인, 너무 무섭고 두려웠다는, 무의식적이고 본능적인 상황에서 상황을 빨리 종료시켜야 한다는 이성적 판단이 불가했을 수도 있는데, 자신이 성탁의 힘이 실린 손아귀에서 칼을 빼앗았다는 설명은 서로 배치되었다.

순간순간 살아나는 성탁에 대한 분노가 지금은 오히려 지난 시간과의 결별 속에서 후련함이, 시간이 흐르면서 조금씩 후회와 회한으로 치환이 되고 있다는 것을 간파해 냈다. 그런 심리의 기저에는 짧게 혹은 순간이라도 자신의 삶에 가치를 부여하려 했던 기억과 지난 삶을 부정하려 했던 모순된 심리들이 모여 만들어낸 편집된 생각들이었다.

죽은 자에게 모든 귀책사유를 뒤집어씌우기에는 자신이 너무 비겁하다는 이성이 어우러진 가책이 만들어낸 진술들이었다. 차츰 마조히즘적 연민이 새싹처럼 돋아나고 있었다. 변호인단은 고개를 갸우뚱거렸다. 반복된 폭력은 이미 정상적인 사고를 방해할 지경에 이르렀다고 진단했다.

변호사 군단은 눈을 동그랗게 뜨고 혜란을 바라보았다. 이성이다 지성이다 하는 것들이 물리적 폭력 앞에서 얼마나 허약하고 무기력한가를 보고 있다. 가히 반복적 폭력은 한 여자의 인간성을 저렇게 피폐하게 하는가. 어이없게도 혜란은 스톡홀름 증후군에 사로잡혀 있는 것 같았다. 피해자가 가해자를 옹호하고 스스로 자기 학대에 빠져있었다.

재판관이 안경을 밀어 올리며 방청석을 향해 묻듯이 말했다. "죽은 남편에 대한 때늦은 연민인가, 죽은 자를 위한 마지막 세레나데인가, 뒤죽박죽 주객이 전도되어버린, 피해자가 가해자가 되고 귀책사유를 가지고 있는 자는 죽어버렸고…" 재판관은 울상이 되어 탄식했다.

검사의 심문이 시작되었다. 정재학 검사는 섬광처럼 번득이는 직관을 가진 검사였다. 서울에서 이곳 춘천지방검찰청에 내려온 지 얼마 되지 않았지만, 그의 전임지에서 꽤 인정받고 있었다. 검사도 혼란스러워하기는 마찬가지인 것 같았다. 칼에서 오혜란의 지문이 발견되지 않았다는 부검의의 소견에도 불구하고 자신이 칼을 빼앗아 찔렀다는 가장 핵심적이고 가장 사건의 결정적 행위를 스스로 자처하는 의도를 고도로 지능화된 여자의 교활함이거나 아니면 상황인식이 안된 백치이거나, 설마 후자는 아닐 거고, 전자로 인식할 수밖에 없었을 것이다. 그는 자리에서 일어나 피고인 오혜란을 사나운 눈초리로 쩨려봤다.

조그만 지역사회를 공포의 도가니로 몰아넣은 사건을 저지른 여자치고는 퍽 평화로워 보인데 놀라고 있었다. 이번 사건은 외형으로 드러난 것 이상으로 그 내면에는 혜란의 과거와 현재의 괴리라든가 이미 우울증약을 복용했던 전력에 비추어 볼 때, 심리적으로 불안이 내재되어 있었을 것인데도 백치처럼 평화로워 보인데 놀라고 있었다.

"강성탁이 취중에 갈피도 없이 주저리주저리 내뱉은 말들은 언젠가 들었던 피고 오혜란 오빠의 말을 재사용했을 것이다. 혜란에게 고시 공부 때려치우라며 했던 말과 상통했다는 것은 비단 성탁이 그런 말을 했다 쳐도 그것을 성탁의 의식에서 생성되었다고 볼 수 없다. 즉 귀로 듣고 입으로 내뱉을 만큼 타성적이었고 도식화되어 있던 말을 재인용 했다고밖에 볼 수 없다.

오랜 기간 오빠에게서 들어 왔던 피고 오혜란의 트라우마 속에 내재되어 있던 불안이 그런 말의 재생에 더 크게 더 예민하게 작용했을 것이다. 더군다나 피고 오혜란의 배후에 박진우라는 유명 로펌의 변호사가…" "재판관님, 검사는 지금 본 사건과 관련이 없는 사족을 꺼내 본 사건의 핵심을 분산시키고 공소장 일본주의 원칙을 위반하고 있습니다." "타당합니다. 검사 주의하세요." 검사는 마지못해 눈을 내리깔고 공소장에다 다시 시선을 꽂았다.

"따라서 성탁에게만 귀책을 두는 건 죽은 자를 두 번 죽이는 것이다." 정재학 검사는 가정폭력의 주범, 그래서 죽음마저도 자신이 불러들인 결과였다라는 오혜란 측 변호인단의 변론을 정면으로 반박했다. 정재학 검사는 죽은 자의 명예라도 지켜주려는 듯 세밀하면서 장황하게 논고문을 읽어나갔다. 지적은 매우 냉철했고 날카로웠다. 법정 안은 숙연했다.

특히 성탁의 두 누나는 검사의 태도에 다소 마음이 후련한 듯 코를 훌쩍거리기도 했고 눈물을 찍어내기도 하면서 듣고 있었다.

"피고 측 변호인 변론하세요." 판사는 유난히 이번 사건에 대해 심적 부담감을 가지고 있는 게 분명해 보였다. 피고인이 명문대 법대출신이라는 것, 따지고 보면 혜란이 후배라는 것도 그렇고, 검사의 이력도 만만찮고, 피고 측 변호인의 호화군단도 그를 기 눌리게 했다. 법조계에서 살아남으려면 한 티끌만큼의 의혹도 한 올 치의 치우침도 없이 균형을 지켜야 했다. 검사의 심문할 시간과 변호인의 변론할 기회를 균등하게 제공했다. 공개재판으로 진행한 것을 봐도 그랬다. 강성탁의 대학 후배 고민욱 기자의 쌍심지를 켠 눈빛도 그를 움츠러들게 했을 것이다.

법정 분위기는 팽팽한 긴장감으로 눌려 있는 듯했다.

　정민 변호사가 자리에서 일어나 중앙으로 나갔다.

　"피해자 강성탁은 평소 주사가 심했고, 지식인에 대한 반감이 강한 언어들로 피고인 오혜란을 괴롭혀왔다. 엉터리 지식인이라거나 사이비 지식인 운운하였고, '법 구절의 의미나 곱씹고 인간을 구속하기 위해 인권을 유린하고 짓밟고 우월한 지위를 얻기 위함이지 솔직히 말해서 그놈들 중에 약자의 인권을 지켜 주기 위한 놈들, 몇 놈이나 있을 것 같아.' 사실 그런 말들은 법조인에 대한 반감이 유달리 강했던 혜란 오빠가 먼저 수도 없이 해 왔던 말들을 강성탁이 재사용하며 고시 공부를 습관적으로 조롱해왔다.

　성탁이 언제부터 포악해졌는지 어떤 계기로 인해 심성이 잔혹해졌는지 누구도 알지 못했다. 어떤 계기가 있었던 것인지, 지성인에 대한 혐오, 그 눈빛에서 읽어지는 눅눅한 의심의 질투는 성탁의 열등감에서 비롯된 것인지 변호사는 변론에서 지성이라는 말을 여러 차례 언급했다. 성탁의 알코올 중독증과 인지능력의 상실에 의해 거듭된 폭력으로 오혜란이 오히려 불안한 환경에서 심신미약을 겪고 있었을 것이다라며 피고 오혜란이 겪었을 정신적 고통과 물리적 상처, 이 지옥 같은 삶의 끝은 어디인가, 오랜 학습으로 정돈된 이성적 자아와 폭력으로 무너져 내린 훼손된 자존감 사이에서 자아가 분리되어 혼돈 상태가 지속되고 억압되어 있던 분노는 마침내 잔혹하게 표출이 되었을 수도 있었겠다는 게 본 변호인의 소견입니다." 어쨌거나 강성탁에게 이 사건의 귀책을 모두 두는 듯했다. 정민 변호사는 열정적으로 변론했다.

판사는 시종일관 냉철한 태도를 견지하려는 듯 두 눈을 지그시 감은 채 법대 위에서 경청했다. 방청객들은 휴, 한숨을 쉬었다. 검사의 말도 옳고, 변호사의 말도 옳고, 어리둥절했다.

"국민참여재판으로 갑시다. 방청석에서 누군가 소리쳤다."

다음날, 변호사 정민과 최영준이 접견실에서 혜란을 기다리고 있었다.

"오혜란 씨, 강성탁은 나쁜 놈이에요. 그에 대한 연민이나 아이의 아빠니까 하는 동정 거두세요. 강성탁이 혜란 오빠 오영석에게 "중고 누이동생 나에게 떠넘겼지. 이 나쁜 자식 내 손에 죽어봐."

성탁은 고교선배이자 처남인 오영석을 폭행해 전치 6주의 상해를 입힌 전력이 있었다. 뿐만 아니라 그 이전에도 술만 취하면 찾아와 장인인 오 영감님에게도 갖은 폭언과 행패를 부렸다.

"그 횟수가 무려 열 차례가 넘어요. 오 영감님 역시 이런저런 마음의 고통으로 건강이 몹시 악화되어 있던 중에 이번 사건까지 발생하니 지금 중환자실에 입원중이에요. 나쁜 놈을 동정하지 마세요. 정당방위, 정상참작 그래서 집행유예 이끌어 내야지요. 아들 승준을 위해서라도, 더군다나 오빠를 폭행해 오빠는 지금도 그 후유증으로 왼쪽 뺨이 함몰되고 눈알이 돌출되는 장애를 입었고 노동력을… 아 여기 있네. 70%나 상실했고, 외상 후 스트레스 장애를 얻어 대인기피 무력증을 앓고 있지 않습니까. 믿었던 후배의 폭행이 얼마나 마음에 큰 상처를 주었겠어요. 그때 경찰에서 고의적 상해이기는 하지만 남도 아니고 가족 간 이루어진 상해 사건인 만큼 앙금이 남지 않도록 처벌보다 합의를 유도했지요. 피해자 오영석 씨가 관용으로 별 피해보상도 받지 못하고 자비로 치료를 했다고 전과기록에 나와 있어요."

정민 변호사는 두꺼운 소송기록을 들추어 보이며 오

혜란에게 조곤조곤 설명했다. 혜란은 마음에서 일어나는 두 감정의 충돌을 겪으면서 묵묵히 듣고 있었다.

남길현 변호사가 고민욱 기자를 춘천 시내 커피숍으로 불렀다. "피고인 방어권보장과 피의 사실 공표죄를 신청할 거다." 강경한 어조로 고민욱을 닦달했다. "오혜란과 박진우 변호사와의 관계가 이번 사건과 무슨 상관이 있나! 단순 살인사건을 놓고 추측과 억측을 보태어 사건을 복잡하게 끌고 나가려는 기레기들의 숨은 속성 아닌가! 그래야 추리소설처럼 독자의 흥미와 관심을 끌 수 있으니까."

남길현은 기레기들의 속성 운운하며 고 기자를 압박했다. 기레기란 기자에게는 가장 모욕적이면서 모멸감을 주는 언어였다. 피해자의 과거 사생활이 무자비하게 언론에 노출되었을 때, 피고인과 그 가족이 어떤 피해를 입게 된다면 법적 조치를 취할 거라고 강한 어조였다. "확인된 팩트입니다." 기자의 태도도 완강했다. 고민욱은 이번 사건으로 정 많고 인간적이었던 선배 강성탁을 잃은 상실이 마음의 공허로 남았다.

사랑하는 아내의 과거 때문에 속앓이했을 성탁, 확증

도 없고, 물증도 없고, 증인도 없고, 의구심만 있을 때, 스스로 이겨내지 못할 만큼, 그래서 미쳐버릴 것 같은 께름칙함이랄까. 고민욱은 사자(死者)의 억울함을 풀어주기 위해서라도 결코 물러서지 않을 작정이었다.

진우는 재판이 시작된 뒤로 거의 매일이다시피 혜란의 구치소를 찾아왔다. 진우의 뒤에 떠오르는 화영의 질투 어린 표정이 그림자처럼 어린다. "화영에게 미안하지 않아." "넌 그게 탈이야, 너만 생각해."

어젯밤에도 실은 화영과 불꽃 튀는 싸움이 있었다.

"박 변, 깊은 밤 잠 못 들고 베란다에 나와 한숨이나 푹푹 쉬는 게 뭐야. 혜란 고 계집애, 지 남편 찔러 죽인 사건 났을 때부터 박 변 안절부절못했어. 그럼 난 뭐였어, 왜 나와 결혼 했어! 왜! 왜! 내 조건 때문이었어! 빈털털이 변호사 구제해 준 게 누군데, 가난한 지방 출신 변호사 서울에서 번듯한 아파트 사서 들여 준 게 누군데, 혜란이 고향에서 결혼했다고 서민주가 말했을 때, 박 변의 얼굴에 나타났던 상심한 표정 이제 이해가 돼. 혜란을 떠나보내지 못하고 가슴에 품고 있었던 거야? 하! 참 열부 나왔네. 세기의 순정남, 아니 국제 급 머저리! 얼간이! 찌지리! 그 계집애 그런 사고 칠 줄 알았어! 제 남편 칼로 찔러 죽이고도 남을 년이야. 그런 폭탄 터뜨릴 줄 알았다고 독사보다도 더 독한 계집애!" 화영은 밤중에 베란다에 나와 진우를 향해 발악을 쳤다.

화영의 혜란을 향해 여과 없이 퍼부어대는 맹비난은 이상하게 진우의 마음을 혜란에게로 달려가게 했다. 깊은 내면에 잠들어 있던 짙은 연민을 일깨워주었다. '혜란이 화영에게 왜 이런 폭언을 들어야 하나, 자신 때문이라고' 구렁텅이에 빠져 있는 혜란을 잘근잘근 밟아버리는 것 같은 화영의 악담, 심리적 기저가 무엇인지 쉽게 간파되지 않았지만 '못 다 부른 사랑의 세레나데'를 다시 부르게 하는 추동력으로 작용했다. "양화영! 너 검사 맞아 그런 억측으로 범인을 만들어가나? 그 말의 폭발력을 짐작이나 하고 한 말이야." 진우의 훈계 같은 반격에 화영은 사색이 되고 솟구치는 배신감을 이기지 못해 악다구니를 쳤다. "양 검사, 넌 이미 많은 것을 성취했고, 누려왔어." "뭐라고! 이건 날강도 짓이야! 박 변! 너 완전히 미쳤구나. 너 사회에서 매장을 시켜 버릴 거야. 혜란은 살인자야 그것도 제 남편을…" 양화영은 격분하며 입술이 부들부들 떨리고 있었다. "미친 인간들! 그러고 보니 그 여자의 술책이네. 헤어진 옛 남자의 연민 샘을 자극해 다시 제 곁으로 불러들이기 위해 걸림돌인 남편을 제거해 버렸다! 작전인 거네." 화영의 고함소리는 어둠을 찢고 적막을 넘어 아파트 앞 동까지 퍼져나갔다.

현관 벨이 요란하게 울렸다. 자정이 훌쩍 지난 시각인데, 액정화면에 나타난 얼굴은 경비였다. 진우가 달려나가 문을 열었다. "저 옆집에서 소란스러워 잠에서 깼다면서 무슨 일인가 알아보라고 해서요." "아, 아무것도 아닙니다. 죄송합니다." 진우가 경비를 돌려보내고 먼저 안방으로 들어갔고, 화영도 뒤따라 들어왔다. '사람들은 흔히 이런 경우를 운명적인 사랑이라고 하지, 시간은 가도 사랑은 꺼지지 않은 불씨처럼 살아있었다는 거.' 진우는 방백처럼 읊조리면서 자리에 누웠다. 화영은 배신과 분노, 태어나서 처음 맛보는 패배감에 몸을 떨다 분을 삭이지 못하고 폭포처럼 눈물을 쏟아낸다. 진우는 웅크렸던 몸을 풀고 고개를 돌려 화영을 돌아보았다. 화영의 비탄에 젖은 눈물에도 별 감응이 일어나지 않았다. 완성과 미완성 사이에서 감정선은 머뭇거리기만 했다.

오혜란의 형량을 논고하는 검사의 얼굴은 냉철했고 집요했다. 억울하게 죽은 자의 원혼을 위로하는 것은 산 자의 도리라는 듯이, 박진우가 보내온 변호인단에 맞서 거칠게 법리 싸움을 펼쳤다. 못다 이룬 젊은 영농인의 억울한 죽음을 피고에 대한 강한 응징으로서 보상하려 했다. 혜란의 마음속에 진우가 있었고 그 때문에 남편과의 불화가 심했을 것이다. 양쪽 모두 유쾌하지 못한 추측들에 사로잡혀 있었다. 사건은 드러난 외형보다 수면 아래 감춰져 있는, 인간의 언어로는 도저히 표현하기 어려운, 연리지처럼 얽히고설킨 심리들이 웅크리고 있었다.

혜란의 그런 태도가 결국 성탁을 자기 파탄으로 몰아넣었고, 이 사건의 발단이 되었을 것이고, 귀책 사유는 순전히 피고인 오혜란이다라는 검사의 논고의 근거와, 거듭된 폭력으로 자아 상실, 인간성 파괴 결국 제어되지 못한 강한 압력으로 분출되었다라는 오혜란 측의 밀고 당기는 법정 다툼은 지루하게 이어지고 쉽게 끝나지 않을 것 같아 보였다.

'집행유예 3년 말도 안 돼.' 법관이 판사실과 법정에만 갇혀 완전 균형감을 잃은 거 아니야. 고민욱 기자는 노골적으로 편파적 판결이라며 신문 사회 면에 재판관을 비판하는 글을 실었다. 마을의 인재인 강성탁이 죽었는데, 옛 연인을 마음에 두고 결혼생활을 이중적으로 해온 피고에게 내리는 벌치고는 말도 안 된다.

이중 결혼생활의 단초를 제공한 당사자인 진우가 배후에서 재판을 지휘했다고까지 자기가 비약한 글을 여과 없이 실었다. 하드케이스 사건에 판사가 지나치게 여론의 눈치를 봤다거나, 증거가 불충분하다는 허점을 이용해 추단과 주장만으로 직권이 남용된 사례라며 고 기자는 괴로워했다. 선배인 젊은 영농후계자의 죽음이 가벼이 처리되는 것에 몹시 가책을 느낀 것 같았다. 그는 기자직에서 퇴출될 각오까지 하면서 사회의 공기 역할을 하겠다는 투지였다.

첫사랑 귀환

혜란은 지난겨울 내내 이곳에 있었다. 온통 우중충한 시멘트벽 안이다. 치열하게 전개되는 재판은 쉬이 끝날 것 같지 않다. 판사의 가벼운 판결이 오히려 논란을 일으키고 재판 기간을 더 끌고 있는 결과로 작용했다. 이제 최종 결심공판만 남겨놓고 있었다. 3심에서 원하는 형량이 나오지 않으면 검사가 항고할 태세다. 진우를 비롯해 변호인단이 이끌어내려는 결과는 집행유예 3년이었다.

혜란의 상식으로는 그건 좀 억지스럽다. 성탁은 죽었고 자신은 육신을 형틀 속에 가두어 형벌로서, 지난 삶을 후회도, 원망도, 자괴도 아무런 자국 없이 오직 형벌로서 속죄하고 싶었다. 파란 수의가 주는 이 편안함은 무엇인가. 아등바등 유예 받고 싶지 않다. 밝은 태양이 두렵고, 소낙비 쏟아진 뒤 영롱하게 뜨는 무지개를 바라볼 용기가 없다. 거리를 활보하고 마트를 가고 승준에게 맛있는 요리를 해 줄 뻔뻔함도 없다. 라이컬즈 아일랜드의 자장가를 승준에게 들려 줄 변죽도 남아있지 않다.

가끔 꿈길에서 만난 청보릿빛 창포가 수놓아진 한복을 단아하게 입은 여인이 내민 손도 잡지 못했다. 아니 잡고 싶지 않다. 다만 죄를 형벌로써 속죄하고 시지프스의 형벌처럼 끝나지 않을지라도 지금은 세상이 두렵다.

지난 시간과 함께 올케언니의 날 선 말들이 아프게 찔러댄다. 재산을 탕진하더니, 오빠를 장애로 만들더니, 종당에는 가문에 분탕질까지 우리 남은 가족들은 어떻게 이 마을에서 얼굴을 들고 다니라고! 이해할 수 있기에 반격할 말이 오르지 않는다. 그런 올케언니와 맞닥뜨릴 자신은 더욱 없다. 혜란은 구치소에서 아버지의 운명 소식을 들었다. 아버지의 임종마저도 지키지 못한 죄목은 무엇으로 탕감받아야 하는가. 야윈 뺨, 더 굽어진 등, 힘없는 걸음으로 구치소에 찾아온 게 아버지의 마지막 대면이었다. 아버지는 그렇게 형이 확정되기 전에 저 세상으로 갔다.

창밖에 추적추적 봄비가 내린다. 부지런한 농부를 들판으로 불러내는 봄비다. '올해는 신선초 그만 재배하고 감자를 심는 게 어떨까. 감자를 심어 밭떼기로 도매상에게 넘기는 게 낫겠지. 지금은 일손 구하기도 어렵고 인건비도 많이 올라 손이 덜 가는 감자를 심는 게 낫지 않을까.' '네 따위가 뭘 안다고!' 아득히 기억 속에만 존재하는 시간들, 지난 삶을 부정해야 한다는 게 고통스럽다. 물고인 아스팔트 위를 굴러가는 자동차의 타이어 소리가 끈적끈적하게 매달린다. 승준이 보고 싶다. 승준의 재잘거리는 소리가 귓가에 매달린다. 환청이다. 승준아, 미안해, 또 눈물이 흐른다.

접견실에 기다리고 있는 사람은 장진영 변호사였다. 신림동을 떠나온 후로는 소식만 전해 들었지 오랫동안 만나지 못했다. 진영을 보자 혜란은 울컥 눈물이 솟구치는 것을 간신히 눌러 참았다. 진영에게 약한 모습을 보이고 싶지 않았다. 진영은 불혹을 바라보는 나이에 맞게 살이 올라 통통했고, 중년의 티가 물씬 나게 수더분해져 있었다. 헤어 스타일만은 그대로 긴 머리를 고수하고 늘어뜨리고 왔다. 액세서리도 명품으로 바뀐 듯 고급스러워 보였다.

"혜란아, 난 네가 그렇게 말 한마디 없이 고향으로 내려갔다는 소식을 서민주를 통해 들었을 때, 솔직히 섭섭

했어. 그리고 그 후로 너를 잊었어. 그저 잘살고 있으려니 했지." 벼랑으로 굴러떨어진 옛 친구 앞에서 사려 깊게 말하려는 진영의 태도가 고왔다. "미안해, 그때는 잠시 고향에 머물다 다시 돌아오려니 했지, 신림동을 완전히 떠난다는 생각은 아니었어. 결혼을 급하게 주선한 건 오빠였고, 이미 짜놓은 듯 일사천리로 진행되었고… 변명 같지만 주도권을 상실한 나는 떠밀려 갈 수밖에 없었어." "그랬었구나. 나 역시 모든 수순들이 정신없이 진행이 되었어. 연수원 마치자마자 민욱 씨와 결혼했고, 곧이어 아이 둘 낳았어. 우리 큰애가 다섯 살, 둘째가 세 살, 둘 다 사내들이야, 하하. 그 전쟁 같은 일상에 매몰돼 누구를 생각할 겨를이 어디 있었겠니. 공부할 때보다 더 바쁘고 해야 할 일도 많고, 그나마 우리 허 검사가 지방 지청에 있어서 주말 부부로 살고 있는 게 다행으로 여겨질 정도야." "그럼 아이는 누가 돌보니?" "누구겠니 그저 만만한 게 친정엄마지. 지방에 계신 엄마를 불러올려 아이들 맡기고 일하고 있어. 사실 엄마에게는 말로 표현하기 어려운 짐을 지워준 것 같아 미안할 따름이야."

진영과 마주 앉고 보니 생뚱맞게 다시 고시에의 욕구가 마음 구석에서 꿈틀거렸다. 진영과 동등해지고 싶었다. "너도 아이가 있다면서." "네 살짜리 하나야, 흑!" 혜란은 고개를 돌리고 울먹였다. "아들에게 못 보일 장면을 목격시킨 게 무엇보다 힘들어. 네 살이면 기억력이 어느 정도 형성될 시기인데 어쩌면 아이 기억 속에 각인되어 평생 가지고 갈 기억일지도 모르는데." "어쩌겠니, 이미 엎질러진 물 이제부터라도 좋은 기억 만들어주면서 길러야지. 참 혜란아, 마침 네 아이가 우리 아들과 또래네. 한데 섞어놓고 키워도 될 것 같다." 혜란은 눈을 동그랗게 키우고 진영을 응시했다. 원룸 한 개를 얻어 둘이 나누어 썼던 그 우정이 이제 아이들에게로 이어가는 것 같아 너무 얄궂은 운명 같았지만, 이 감사함을 표현할 어떤 말도 찾을 수가 없었다. 아이 엄마들끼리의 대화는 역시 아이 이야기에서 멈춰져 있었고 끝없이 증식되고 확장되어지고 있었다.

그러다 진영이 말머리를 돌려 "그렇게 남편의 폭력 앞에서 신음하고 힘든 결혼생활을 하고 있는 줄 누가 상상으로라도 했겠니? 왜 법의 도움을 받을 생각을 못했어?" 진영이 말했다. "이미 진우로부터 들었던 질문이야. 모든 게 내 업보지 누구를 탓하고 누구를 원망할 수 있겠어." "넌 여전하구나. 네 자신을 자책하는 버릇, 오혜란 이번만은 박 변의 호의, 배려 받아들여. 거절하지 말고 알았지. 박 변도 힘들어하고 있어. 양화영과 사이가 파국으로 치달을 만큼 나빠지고 있다더라. 어련하겠니! 화영이 아니더라도 누가 옛 연인의 불행 앞에 몸 사리지 않고 구출하기 위해 동분서주하는 남편을 이해하고 모른 척할까.

이참에 빼앗아서 부자연스런 사랑은 도로 빼앗길 수밖에 없다는 새로운 통념을 화영에게 확증시키기 위해서라도 꼭 받아들여. 네가 슬럼프에 빠져있을 때, 하필 건이 화영을 버리고 유학길에 올랐고, 그 틈에 양화영이 진우에게로 다가와 끼어들었잖아. 그래서 빼앗긴 사랑을 도로 찾아와야 돼. 참, 건이 말이 나오니까 생각나는데, 건 씨는 미국에서 국제변호사로 활동하고 있다는 소식도 서민주를 통해 들었고, 스탠포드 로스쿨 졸업했대."

진영은 폭넓은 네트워크망을 가지고 있는 듯, 친구들 사이에서 일어나는 일들에 대해서 모르는 것이 없었다. "그럴 수밖에 없잖아. 역시 부모의 배경대로 부모가 만들어준 생태환경대로 우리는 나누어질 수밖에 없다는 거, 치졸한 자기변명 같지만."

"참, 혜란아. 정재학 검사와 서민주 변호사가 연인 관계인 거 알아?" "아니 처음 듣는 얘기야." 혜란은 가슴이 마구 뛰기 시작했다. 날카롭게 빛나던 정재학 검사가 서민주의 연인이라는 말이 왜 이토록 쇼킹하게 들릴까. 서민주 변호사, 남길현 변호사 우리 스터디 했던 팀들과 가끔 통화하며 지내고 있어서 들은 얘긴데, 서민주가 검사로 지검에 있을 때 정재학을 만났고, 둘은 곧 연인 관계로 발전했고, 양화영은 서민주의 후배검사인데, 그들은 마치 트라이앵글처럼 엮여서 연락하나 봐. 모두 다 검사, 변호사로 제 길을 가고 있는데, 혜란은 자신만 무리에서 떨어져 버린 것 같은 열패감에 가슴을 움켜쥐었다. 진영의 말은 이어지고 있었다. "양화영이 서민주를 통해 서민주는 정재학 검사로부터 공소장 내용을 깨알같이 알고 있어. 박 변이 네 변론을 철저하게 준비하고 그 중심에 있다는 것도, 네가 헤어진 옛 연인 진우를 잊지 못해 강성탁과의 결혼생활이 파국으로 갔다는 것을 박 변이라고 모르겠니? 이번에는 박 변의 호의나 배려를 꼭 받아들여야 돼. 그게 너를 위해 몸을 사리지 않은 박 변의 진심을 외면하지 않는 일이야." 장진영은 혜란에게 진우의 호의나 배려 거절하지 말라고 다그쳤다.

"그 후 서민주 검사는 사표를 내고 KAL 858기 유가족 모임에 합류해 아버지의 유해를 찾아야 한다며 사고 진상규명을 위해 동분서주하고 있는데, 쉽지 않은 모양이더라." 진영은 그간 밀려 있던 얘기를 하듯 쉴 새 없이 말을 했다.

모두 잊어진 듯, 기억 저편에 잠들어 있던 사건들이 새롭게 재생되어지고 혜란은 가슴이 먹먹해진다. 1987년 11월 29일 일어났던 KAL 858기가 이라크 바그다드에서 출발해 UAE 아부다비를 경유, 한국 서울로 향하던 대한항공 858편 여객기가 인도양 상공에서 사라지고 탑승객과 승무원 115명 전원이 실종된 사건이었다. 거기에 중동 파견근무를 마치고 귀국하던 당시 D건설 상무였던 서민주 아버지가 탑승해 실종되었다. 아직까지도 해결되지 못하고 미스터리에 묻힌 사건이었다. 유족들은 조작된 사건이라며, 정부의 진상규명을 요구하며 항공기 사고의 세계일반 준칙인 실종자와 동체 수색을 정부 국토부에 청원해 놓고 있는 중이었다.

"혜란아, 박진우 변호사가 어떤 방향으로 이번 문제를 풀어가든 넌 담담히 받아들여, 알았지." 진영은 더 강한 어조로 당부했다. 혜란은 말 대신 고개만 끄덕였다. "그

럼 이제 그만 가 볼게." 진영은 일어나 접견실 문을 열고
나갔다.

　혜란은 차가운 감방으로 다시 들어오자 참았던 서러
움이 복받쳐 오른다. 진경과 주고받은 이야기들이 하나
하나 되돌려지면서 걷잡을 수 없이 눈물이 두 뺨을 적신
다. 눈물은 숱한 좌절과 자기 연민을 담고 흘러내린다.
한참을 그렇게 울고 울었다. 얼마나 울었을까. 마음이 조
금 편안해진다. 그 시절로 다시 돌아가고 싶다는 그리움
이, 이루지 못한 고시에의 아쉬움이 텅 빈 가슴에서 꿈틀
거린다.

　진우가 구치소로 찾아왔다. 전과 달리 퍽 푸석해진 몰
골이었다. 혜란을 한참을 말없이 바라보았다. 그 눈빛에
깊은 고뇌가 스쳤다.
　"오혜란, 넌 어쨌거나 살인의 현장에 있었어. 피해자
와 애증의 동기를 형성하고 있었고, 설사 사실 확인이 명
명백백하게 밝혀진다 해도 피해자 가족의 의혹을 불식시
키기에는 쉽지 않아. 사회에는 지켜야 할 규범이 있고,
법 이전에 사람으로서의 양심과 도리라는 게 있지. 그것

을 확립하고 그 합의를 지켜내기 위해 우리는 젊은 시간을 소비하며 공부했잖아. 이곳에서 얼마간 견딜 각오해. 네 자신을 성찰하고 적어도 어리석었던 잘못을 속죄할 시간은 필요해. 그게 들끓은 지역 여론에 부합하는 길이기도 하고.

변호란 죄를 옹호하는 행위일 수 없어. 사법질서 안에서 인간의 생존을 보호하고 사회의 안전망을 지켜가기 위해 죄인을 격리시키는 일련의 절차는 반드시 필요해. 그 죄에 과하지 않게 죄와 벌의 균형점을 찾아주는 게 변호인의 역할이지. 물론 검사의 의식이 피의자에게 가혹하다는 게 정의는 아니야. 검사의 칼이 정의롭지 못하게 사용되었을 때, 피해자와 가해자 사이에서 공정의 접점을 만나지 못했을 때, 사회에 던지는 파장은 혼돈일 수밖에 없다. 그리고 승준이는 내가 다 맡아서 책임질 게 걱정마."

진우의 말은 차갑게 들렸지만 여론을 의식하고 피해자 가족들의 마음에 더 큰 상처를 주어서는 안 된다는 깊은 성찰과 고뇌가 담겨 있었다. 검사의 논고를 헝클어뜨리지 말고 재판관의 최후의 심판을 겸허히 받아들이라고 말하고 있었다.

혜란에게 5년의 실형이 선고되었다.

혜란이 앓았던 공황장애가 재발했을 것이라는 것을 부각시키고 재범의 우려가 없다는 것, 네 살짜리 아이를 두고 있는 아이 엄마라는 점, 변론이 말이 도구라면, 설득력과 감정에 기대는 호소력으로 정당방어, 집행유예의 관철만이 능사는 아니었다. 형벌로 죄를 씻고 부끄러움 없이 태양을 바라볼 수 있으려면 그 형벌은 적정했다. 하지만 피해자 가족들은 그것으로는 부족하다. 레전드 변호인단의 약발이다. 또 한 번 지역사회는 요동쳤다.

"박 변, 나 사표 냈어. 떠날 거야, 미국으로… 도피라고 말하지 마. 혜란과의 사랑싸움에서 졌다고도 말하지 마. 난 지금까지 누구에게도 져본 적 없어. 내가 성장하고 업그레이드될 기회인 것 같아 결정했어. 다음 학기부터 로스쿨 등록 할 거야. 우리의 사랑이 상호적이지 않았다는 것을 이제야 알았어. 박 변을 향한 내 사랑이 피드백 없는 공허한 날갯짓이었다는 것, 사랑은 쟁취하는 것이 아니라 운명처럼 찾아와 자신도 모르는 새에 마음에 둥지를 튼다는 것을, 그 사랑의 진실을 이제야 깨달았어.

박 변의 마음에 혜란이 떠나지 않고 있었다는 것을 명명백백하게 확인한 마당에 박 변 곁에 내가 있을 이유가 없다는 것, 물론 더 망설일 필요도 없고….” 마지막 말꼬리를 흐리는 화영의 표정은 폭풍이 사라진 뒤에 찾아온 평온처럼 안온해져 있었다.

혜란의 마음에 밝은 햇살처럼 평화가 깃들고 가끔씩 법전과 함께 보내주는 진우의 편지는 수형 생활에 활력이 되었다. “오혜란 씨, 편지요.” 간수가 전해 주고 간 편지 겉봉에 진우라고만 되어있다. 진우가 손으로 쓴 손편지였다.

너와 함께한 시간보다 더 많은 시간을 화영과 보냈지만 네가 떠나지 않은 내 마음속에 화영은 자리 잡지 못하고 부유했던 것 같아. 화영에게는 너무 염치없는 일이지만 화영을 기만했다는 말은 아니야. 난 화영과 결혼한 남편으로서 최선을 다하려 노력했지만 인간의 감정이란 노력과는 무관하게 통제되어지지 않는다는 사실만 확인시켜주었다. 인간의 감정이란 물처럼 흐르는 물길 같은 거야. 화영과의 잠자리에서도 너는 내 의식을 채우고 있었어. 내 감정을 들키지 않으려고, 난 전전긍긍했고 화영의 얼굴에 덧씌워진 너의 얼굴, 너의 음성이 나를 화영에게 다가가지 못하게 했던 거지. 스스로에게 느끼는 내면의 죄, 그 어떤 외형의 형벌보다 더 나를 괴롭게 했어.

용서받을 수 없다 해도 이 괴로움에서 벗어나고 싶다. 너를 마음껏 사랑할 수 있다면 난 그 길을 선택할 거야. 혜란아, 너를 다시 사랑한다는 게 비난받을 일은 아니지. 그건 변화하는 세상에 새로운 가치추구의 본보기가 될지언정. 설령 비난이 따른다 해도 내가 편안해지고 행복해질 수 있는 길이라면 개의치 않아. 나의 업보라 여기며, 길 없는 길에서는 길을 만들고 묵묵히 그 길을 걸어갈 거야, 너와 함께.

혜란은 두 줄기 눈물이 볼을 타고 흘러내리고 있는 것도 자각하지 못하고 편지를 읽어 갔다. 흔히 이성과 감성을 비대칭이라고 한다. 이성적인 사람은 감성이 메마를 것이다. 그렇게 표현한다. 그러나 가끔은 그런 고정개념을 뒤집어 실천하는 평인도 있다. 진우의 혜란에 대한 아가페적인 사랑, 그는 정작 자신들은 운명이라거나 알 수 없는 강한 힘이 끌어당겼다거나, 주변인들의 의혹을 잠재운다. 자신들만의 방법으로 세상의 편견에 맞선 사랑을 정당화시키려 한다.

'사랑은 대상에 의해 형성되고 변주된다. 사랑은 어떤 소멸을 거쳐 더 질긴 생명력으로 생성되어지는가.'

볼프강 괴테의 말처럼, 사랑은 대상에 의해 생성되고 대상에 따라 소멸되고, 새로운 옷을 입고 새로운 모습으로 회귀되어지고, 분절되었던 시간들은 어떤 소멸을 거쳐 원형으로 환원되어지는가. 소낙비처럼 치열했던 진우와의 사랑이 다시금 돌아온다면 목숨을 바쳐서 그 사랑을 지켜 가리라. 이강국을 사랑한 김수임은 사랑의 제물이 되어 형장의 이슬로 사라졌다면, 진우에 대한 사랑은 형벌의 사슬 속에서도 꽃길이 되어주고 혜란의 의식은 그 길을 따라 다시 법전을 펼쳐 든다.

사랑을 위한 변주

송경하 지음

발 행 처 · 도서출판 청어
발 행 인 · 이영철
영   업 · 이동호
홍   보 · 천성래
기   획 · 남기환
편   집 · 방세화
디 자 인 · 이수빈 | 김영은
제작이사 · 공병한
인   쇄 · 두리터

등   록 · 1999년 5월 3일
(제321-3210000251001999000063호)

1판 1쇄 발행 · 2021년 10월 20일

주   소 · 서울특별시 서초구 남부순환로 364길 8-15 동일빌딩 2층
대표전화 · 02-586-0477
팩시밀리 · 0303-0942-0478

홈페이지 · www.chungeobook.com
E-mail · ppi20@hanmail.net
I S B N · 979-11-5860-985-6(03810)